KB266347

유희 언니

일러두기

2025년 9월 11일부터 11월 7일까지 《진실탐사그룹 셜록》 홈페이지에 〈하늘을 짓는 여자〉라는 이름으로 연재된 글들을 다듬어 엮었다.

유희 언니

그녀의 식당은 언제나 길 위에 있었다

최규화 씀

빨간소금

늦은 인사

김진숙(민주노총 부산본부 지도위원)

당신을 알기도 전에 나는 당신이 해 주는 밥부터 먹었습니다. 당신이 어디서 뭐 하는 사람인지 묻기도 전에 당신이 끓여 주던 김 나는 국으로 거리에서 허기부터 채웠습니다. 그런 사람이 저뿐이었겠습니까.

암이 재발했단 의사의 말을 듣고 죽기 전에 꼭 복직부터 하겠다고 한겨울 무작정 청와대까지 걷겠다고 나섰던 길. 언제 끝날지 알 수도 없고 내 발로 다시 돌아올 수 있을지도 알 수 없었던 아무 기약이 없던 여정. 눈보라에 시달리고 삭풍에 끄달려 비틀거릴 즈음 저만치서 보이던 굴 빛깔 앞치마들. 저는 그게 깃발 같기만 했습니다.

'어서 오시라'는 반색의 깃발. 이 밥 먹고 힘내서 다시 일어서라는 응원의 깃발.

승리의 팡파르를 울리는 트럼펫 같던 국자. 유희 동지의 씩씩하고 활기차던 목소리 웃음소리. 그런 게 다 너무도 생생해요.

당신이 떠나도 오랫동안 남겨질 것들. 온기들. 그날 저를 채웠던 건 육신의 허기만이 아니라 영혼의 허기였고, 끝까지 갈 수 있겠다는 자신감이었습니다. 해고되고 상처 입고 억울하고 서러운, 그래서 싸워야만 했던 수많은 이들에게 양식이 되고 위안이 되었던 유희 동지.

춥고 외로운 투쟁을 해 본 사람치고 유희 동지의 밥을 안 먹어 본 사람이 있을까요.

김진숙 동지, 항암 잘하고 계시죠?
남영란 동지의 쾌유를 기도합니다.
남현영 노무사님을 위해 간절히 기도합니다.

아픈 사람들을 위해 날마다 기도하고
사드 없는 소성리를 위해
아사히의 승리를 위해

양수발전소의 백지화를 위해
수많은 비정규직을 위해
매일 기도를 올리던 유희 동지.

그 기도가 인적 없는 밤길에서 만난 불빛 같았습니다. 그 불빛을 찾아가 따뜻한 물도 마시고 따뜻한 아랫목에서 몸도 녹일 수 있었어요.

암이 발병하고 수술을 하고 항암을 하고 4개월 만에 집에 돌아오니 참 막막하기만 합디다. 당장 저녁부터 뭘 먹어야 하나. 그야말로 연명이 막막했습니다. 생각해 보니 60년을 살면서 나는 나에게 밥을 해 준 적이 단 한 번도 없다는 생각이 그제야 났습니다. 바쁘다는 이유로, 할 줄 모른다는 핑계로 늘 누군가가 해 주는 밥들을 먹고 살았습니다. 그중에서도 유희 동지의 밥이 참 맛있었다는 인사를, 받을 사람이 떠난 뒤에야 해요.

아무 대가 없이 퍼 주던 그 밥을 먹고 나면 힘이 나고 충만해지던 참 신기한 밥이었어요. 잘 먹었습니다. 편안히 가요. 유희 동지….

차례

나는 그녀의 밥 한 끼
얻어먹지 못했다

2024년 여름. 페이스북 피드에 한 사람의 부고가 떴다. 몇몇 사람이 애도의 글을 올렸다. 누가 돌아가셨나 보다, 그냥 그랬다. 그런데 하루, 이틀, 사흘, 나흘이 지나도록 추모의 글은 계속 올라왔다. 게시물을 올린 이들은 대개 노동자였다. 수십 명은 족히 되는 것 같았다. 대체 어떤 분이 돌아가셨길래?

그때부터 게시물을 찬찬히 보기 시작했다. "명복을 빕니다"처럼 쉽게 할 수 있는 말이 아니었다. 저마다 고인에 대한 기억을 곱씹으며 진심으로 애통한 마음을 쏟아냈다.

그리고 그들의 글에 공통적으로 들어 있는 한 단어. 바로 '밥'. 애도의 글을 올린 사람 중 많은 이가 바로 고인이 차려 준 밥을 얻어먹었다.

"춥고 외로운 투쟁을 해 본 사람치고 유희 동지의 밥을 안 먹어 본 사람이 있을까요."

김진숙 민주노총 부산본부 지도위원이 쓴 '추모의 글'의 한 대목이다.

나는 그녀를 몰랐다. 얼굴 한 번 본 적 없다. 그 많은 사람이 먹어 봤다는 그녀의 밥 한 끼 먹어 본 적도 없었다.

그런데 참 이상했다. 그게 더 미안했다. 얻어먹어서 미안한 게 아니라, 얻어먹은 적이 없어서 미안했다. 그녀가 "춥고 외로운 투쟁을 해 본 사람"들의 곁에서 밥을 짓고 나눈 30년 세월. 그 세월 동안 나는 그녀의 현장에 있어 본 적 없다는 게 부끄러웠다.

그녀의 이름은 유희. 1959년생. 노점상이었다. 30여 년 전인 1990년대부터 그녀는 "춥고 외로운 투쟁"을 하는 사람들과 밥을 나눴다. 최정환 열사와 이덕인 열사의 죽음을 겪으며 투쟁 현장에서 솥을 걸고 밥을 지었다.

2000년대에는 공장에서 쫓겨난 콜트·콜텍 기타 노동자들의 농성 천막으로 밥을 지어 나누는 등 노동자들의 투쟁에 본격적으로 연대하기 시작했다. 자신의 검정 세단에 밥을 싣고 전국의 농성장을 누볐다.

'밥묵자'라고 부르던 이름은 2017년 조리 설비가 갖춰진 밥차를 마련하면서 '밥묵차'로 바뀌었다. '십시일반 음식연대 밥묵차.' 그 차로 방방곡곡 다니면서, 투쟁하는 사람이라면 안 먹어 본 이가 없다는 밥을 지었다.

노동자들만 찾아다닌 게 아니다. 쪽방촌과 판자촌을 다니며 음식과 연탄을 나눴다. 전국의 요양원을 다니며 목욕 봉사와 노래 봉사를 한 세월이 20년이 넘는다. 많이 가져서 나누는 게 아니었다. 트로트 가수로 알바도 하고 주점 주방 일도 하면서 쌀값을 벌었다. 나누기 위해 벌고, 버는 것보다 더 많이 나눠야 직성이 풀렸다.

그녀의 식당은 언제나 길 위에 있었다. 숨 막히게 더운 여름날. 혹독하게 추운 겨울날. 햇볕과 칼바람을 피할 도리 없이 길 위에 남은 사람들을 위해 그녀는 밥을 지었다. 권리를 빼앗기고 존엄을 짓밟힌 사람들 곁으로 그녀는 밥차를 몰고 나타났다. 일터에서 쫓겨난 노동자들, 삶터를 빼앗긴 빈민들, 참사의 진실을 밝히자는 부모들, 우리 산과 강을 지키자는 주민들, 전쟁을 막고 평화를 지키자는 시민들을 위해 그녀는 밥을 나눴다.

밥값은 따로 없다. 그냥 "잘 싸우면" 된다.

"먹어야 싸우지! 싸워서 이겨야지!"

그녀는 "잘 싸우는" 사람들을 가장 사랑했다. 가장 치열하게 싸우는 사람은 바로, 가장 간절하고 가장 절박한 사람이다. "잘 싸우는" 사람들을 사랑했다는 말은 곧, 가장 고통받고 가장 눈물겹고 가장 쓸쓸한 이들을 사랑했다는 말과 다르지 않다.

여기까지만 보면 그녀를 천사(?) 같은 이미지로만 상상할지도 모르겠다. 땡. 틀렸다. 그녀는 욕쟁이 큰언니다. 경찰들과 용역들도 겁먹게 만드는 "싸움짱"이고, 원칙 앞에서 절대 물러서지 않는 "강철 여인"이다. 그리고 언제나 사람들의 배꼽을 노리는 코미디언이고 무대를 찢어버리는 가창력과 퍼포먼스의 명가수다.

오렌지색 앞치마에 국자를 들고 밥을 나누다가 반짝이 옷에 가죽 부츠를 신고 트로트를 부르던 사람. 웃기 잘하고 웃기기는 더 잘했던 사람. 안타까운 투쟁을 지켜보며 울기도 잘 울지만, 싸움이 붙으면 어느새 최전선에서 욕 폭탄을 날리고 있던 사람. 언니 같고 누나 같은 말 한마디로 힘을 주고 다독이지만, 사람 귀한 줄 모르는 이들에겐 불같은 호통과 "등짝 스매싱"을 날리던 사람. 그 모두가 그녀였다.

"밥 먹었니?"

"밥 먹고 합시다!"

"언제 밥 한번 먹자."

우리는 밥 얘기를 참 많이 한다. 우리나라 사람들처럼 밥을 중요하게 여기는 이들이 또 있을까. 그런데 우리 사회가 밥하는 일, 밥하는 사람을 그만큼 귀하게 여기고 있나. 특히 여성들에게 밥 짓는 일은 '일도 아닌 일'로 하찮게 여겨진 세월이 길었다.

그녀가 세상을 떠난 지 1년이 지나서야 그녀의 이야기를 본격적으로 뒤쫓기 시작했다. 그녀를 만나려면 어디로 가야 할까. 이미 세상을 떠난 그녀가 아직 살아 있는 곳은 어디일까. 그녀의 묘소에서 열린 1주기 추모제를 찾아가는 것으로 취재를 시작했다.

아무에게도 미리 연락하지 않았다. 일찌감치 도착해 조용히 지켜봤다. 누가 현수막을 거는지, 누가 앰프를 갖다 놓는지, 누가 꽃을 들고 오는지, 누가 무덤 위에 꽃을 놓는지, 누가 그 꽃들에 물을 뿌리는지, 누가 마이크를 잡고 무슨 이야기를 하는지, 누가 음식을 마련해 왔는지, 그 음식을 누구와 어떻게 나눠 먹는지, 누가 울고, 누가 누구의 손을 잡고 애써 웃고 있는지.

한 사람 한 사람의 얼굴을 조심스레 카메라에 담았다. 그들을 만나야겠다고 생각했다. 그들의 기억 속에 살아 있는 유희를 만나야겠다고 생각했다. 한 사람씩 연락해 만남을 부탁했다.

2025년 여름 한 달 동안 열다섯 명을 만나 인터뷰했다. 그들의 가슴속에 남아 있는 유희의 모습을 내게로 옮겼다. 그제야 유희의 표정이 보이고, 유희의 목소리가 들리고, 유희의 밥맛이 내 혀끝에도 살아 맴도는 듯했다.

그녀의 구술이 담긴 문서와 영상 기록, 녹음 파일을 구해서 찬찬히 읽고 보고 들었다. 그녀가 살아온 시대를 이해하기 위한 서적과 논문 자료를 여럿 읽고 참고했다. 그녀가 자신의 페이스북에 차곡차곡 남겨 둔 수많은 사진과 활동 기록도 큰 도움이 됐다.

약 석 달간의 취재를 통해 한 가지 분명히 알게 된 게 있다. 그녀가 한 일은 단순히 밥을 짓고 나누는 일이 아니었다는 것.

그녀에게는 조직이 없었다. 오로지 혼자 시작한 일. 하지만 언젠가부터 함께 밥을 짓겠다는 사람들이 나타났다. 밥은 함께 못 지어도 나눌 때 돕겠다는 사람들이 나타났다. 쌀값에 보태라며 돈을 보내는 사람이 생겼다. 철마다 식재료를 보내는 사람도 점점 늘었다. 수직의 조직이 아니라 수평의 연대가 그녀를 튼튼히 떠받쳤다.

싸우는 사람들을 위해 뭐라도 하겠다는 마음. 크든 작든 자기가 가진 것을 하나라도 보태겠다는 마음. 그 선한 마음들을 발견하고 연결하는 일을 그녀가 해 온 거다. 촘촘한 연대의 그물망으로, 작고 약하고 힘없는 목숨들을 지탱하는 일. 그 중심에 그녀가 있었다.

"윤석열 파면"을 외친 2024~2005년 겨울을 기억한다. 손에 손마다 응원봉을 들고 모인 남녀노소 수많은 사람. 직접 거리에 서지 못하는 사람들은 끝없는 선결제 릴레이로, 커피차와 어묵차로, 핫팩 나눔과 난방차로 함께했다. 연결과 연대를 통해 함께 지킨 민주주의의 광장. 그 겨울 우리가 광장에서 목격한 그 기적 같은 순간을 그녀는 매일같이 만들어 내고 있었다.

우리는 겨우내 광장에 서서 질문했다. "과거가 현재를 도울 수 있는가? 죽은 자가 산 자를 구할 수 있는가?"[2] 그리고 확인했다. 현재를 돕는 과거를. 산 자들을 구하는 죽은 자들의 반짝이는 뜻을.

사람이 사람답게 사는 세상을 만들자는 자리에서 늘 불리는 노래 〈임을 위한 행진곡〉(백기완 시, 김종률 작곡). 이런 가사로 시작된다.

"사랑도, 명예도, 이름도 남김없이."

오늘 우리가 사는 이 세상이 어제보다 조금이라도 더 안전해지고 편안해지고 인간다워졌다면, 우리의 발 아래엔 그들의 사랑과 명예와 이름이 보료처럼 깔려 있을 것이다.

그들의 삶과 뜻을 기리는 것으로 오늘 그들의 이름을 다시
부르려 한다.

하늘을 짓는 여자, 유희.

가장 낮은 곳을 지키며 가장 높은 밥을 지었던 그녀의 삶
이야기를 시작한다.

운명의
김치찌개

서선정과 최인기의 기억

"칙 – 칙 – 칙 – 칙 – 칙 – 칙 – 칙 – 칙 –."

한창 인터뷰하고 있는데 이상한(?) 소리가 들린다. 소리가 나는 곳은 사무실 옆에 딸린 작은 방. 무슨 소린가 가만 귀를 기울여 보니 아, 압력솥에서 김 나오는 소리다.

"지금 혹시… 밥을 하고 계신가요?"

"네, 맞아요."

내 앞에 앉은 서선정이 겸연쩍은 듯 웃는다. 그리고 덧붙인 말.

"사실 사무실에서 제가 (직원들) 밥해 준 지 5년 됐어요. (…) 늘 세상에 뭐라도 보탬이 되는 사람으로 살려고 해요. 언니에 비하면 정말 많이 부족하지만…."

서선정은 1990년대 초반, 전국노점상연합에서 일하기 시작했다. 20대 초반, 일반 회사에서 일하다 교통사고를 당해 잠시 일을 쉬고 있을 때였다. 친척의 부탁으로 "용돈이나 번다는 생각으로 몇 달만 다니자"라며 시작한 일이었다.

서선정이 맡은 일은 회계 관리. 하지만 시작부터 순탄치 않았다. 당시 노점상 단체의 상태는 "이름만 있지, 아무것도 없는 상태"나 다름없었다.

"첫날 출근해서 보니, 월세는 한 3개월 밀려 있고 회비는 어느 지역에서 냈는지 안 냈는지 알 수도 없었어요. 사무처장님이 주머니에서 3만 원을 꺼내 주면서 '이걸로 우선 필요한 거 사세요' 하시더라고요. 장부 하나, 볼펜, 자, 이렇게 직접 사 와서 일을 시작했어요."

출근한 지 사흘 만에 위기가 닥쳤다. 사무실에서 간부들끼리 싸움이 난 것. 회의 중에 일어난 의견 충돌이 감정싸움에 몸싸움으로까지 번졌다. 이쪽에서 의자가 날아가면

 운명의 김치찌개

저쪽에서 재떨이가 날아왔다. 지금은 상상하기 어려운 '그땐 그랬지' 같은 장면이다.

"너무 놀랐어요. 제가 눈을 이렇게 동그랗게 뜨고 있으니까, 사무처장님이 보기에 '얘, 내일부터 안 나오겠다' 싶었나 봐요. 저보고 빨리 집에 가래요. 근데 또 다른 간부는 '우리가 원래 이런 사람들이 아니라고 잘 설득해야겠다' 생각했대요. 그래서 그 와중에 '저를 집에 보내야 한다, 붙잡아야 한다' 옥신각신 또 2차 싸움이 난 거예요(웃음)."

결국 서선정은 싸움이 끝날 때까지 책상 밑에 숨어 있었다. 속으로는 '용돈벌이고 뭐고, 당장 때려치워야겠다' 생각하면서.

그런데 마음에 걸리는 게 하나 있었다. 바로 첫 출근 날 받은 3만 원. 볼펜 사고 남은 돈을 돌려주고 그만두려 했는데, 그것조차 마음대로 안 됐다. 돌려주지도 못하고 떼먹을 수도 없는 3만 원 때문에, 다음 사람 구할 때까지만 있어 달라는 부탁을 거절하지 못했다.

그런데 간부들은 아무래도 새로운 사람을 구할 생각이 없어 보였다. 일주일, 한 달, 두 달, 석 달…. 그렇게 시간이 흐르는 동안 유희 언니를 알게 됐다.

열정 빼면 시체

1959년 서울 금호동에서 태어난 유희. 스무 살에 결혼하고 첫 아이를 낳았다. 남편은 경제활동에 손을 놓고 있었다. 두 살 터울로 셋째까지 낳고 스물세 살에 노점상을 시작했다.

어느 날 중부시장을 갔다. 닭똥집을 파는 아주머니를 봤다.
'저걸 받아다 팔면 장사가 되겠다.'
유희는 아이를 친정엄마한테 맡기고 장사를 시작했다. 처음엔 창피해서 좌판에 앉아 있을 수가 없었다. 좀 멀리 떨어진 곳에서 서성거리다 손님이 와서 "어머, 이거 누가 팔지?" 하면 다 기어들어 가는 목소리로 "제가요" 하고 좌판으로 갔다. 당연히 먹고사는 게 만만치 않았다.[3]

1980년대 초였다. 아이를 맡기지 못하는 날은 업고 장사를 했다.
몇 년 뒤에는 청계천 세운상가 앞에서 노점을 했다. 공구

운명의 김치찌개

도 팔고 카메라도 팔았다.

1980년대 후반, 정권은 '88올림픽'(제24회 서울올림픽대회)을 앞두고 대대적인 노점 단속에 나섰다. 탄압이 거셀수록 저항은 뜨거웠다. 폭력적인 단속에 맞서며 노점상들은 조직을 갖춰 나갔다. 유희 역시 이 시기에 노점상운동에 함께했다.

유희는 1990년대 초반 전국노점상연합 연대사업국장을 맡았다. 서선정이 유희를 만난 게 이즈음이다. 서선정은 그때를 "노점상 활동가들이 많이 배고팠던 시절"이라 기억했다. 자기 장사만 한다 해도 배불리 먹고살기 어려운데, 활동가들은 동분서주하며 투쟁까지 병행해야 했다. 그렇다고 단체에서 모두에게 활동비를 준다는 건 상상도 못 했다.

"낮엔 (노점상 단체) 활동하시고 밤엔 포장마차를 하시는 분들도 있었어요. 항상 돈이 없고 배가 고팠어요. 차비가 없는 건 기본이고 굶는 것도 다반사였죠. 저는 상근자라고 급여를 조금 주긴 했어요. 그런데 제 활동비로 매일같이 다른 분들 밥을 살 수 있는 것도 아니고, 그렇다고 저만 나가서 밥을 먹기도 미안하고, 다 같이 굶는 날이 다반사였던

1990년대 초반 서선정(위)과 유희. ⓒ 유희 페이스북.

거예요.”

그때부터였다. 유희가 나섰다. 노점상 활동가들과 함께 먹을 밥을 짓기 시작했다.

반찬은 주로 김치 요리였다. 김치찌개만 끓여도 한 끼 든든히 배를 채울 수 있었다. 사무실로 김치를 가져다주는 고마운 분들이 있었다. 노점상 회원들이 자기가 파는 채소들을 가져다주기도 했다. 요리사는 언제나 유희. 서선정은 자

운명의 김치찌개

연스레 설거지 담당이 됐다.

"오이 같은 거 들어오면 언니가 무쳐서 반찬 해 주고. 호박이나 양파가 있으면 된장 풀어서 찌개 끓이고, 묵은지가 많을 때는 김치찜, 김치 볶음, 김치찌개 이런 거 해 주고. 언니 음식은 항상 맛있었던 기억이 나요. 언니는 자기가 만든 음식을 사람들이 맛있게 먹는 걸 굉장히 좋아했어요. 덕분에 항상 점심시간이 즐거웠던 거, 그런 기억이 나요."

그야말로 한솥밥을 먹은 지 석 달. 다음 사람을 구할 때까지만 일하겠다던 서선정의 생각이 차츰 바뀌었다. "이 길이 내 길이구나"로.

"유희 언니의 밥을 먹으면서 '아, 동지란 이런 거구나'라는 마음이 생겼어요. 나도 어렵고 너도 어려울 때 서로서로 의지하고 마음을 나누는 경험들이 쌓이다 보니까. 출근 사흘째 되던 날, 저를 두고 얘가 내일 나올 것이냐, 안 나올 것이냐 싸웠던 분들, 또 유희 언니랑 같이 밥해 먹었던 사람들은 아직 연락하고 지내요. 그 동지들이 제일 그립고요."

노점상 단체 동지들을 위한 밥을 하던 유희. 그런데 1995년 한 사건을 계기로 더 많은 사람들을 위한 밥을 짓기 시작했다. 바로 최정환 열사의 죽음이었다.

장애인 노점상 최정환은 서울 방배역 부근에서 카세트테이프를 팔았다. 그는 1994년 6월, 서초구청의 살인적인 노점 단속으로 한쪽 다리가 골절되는 중상을 입었다. 하지만 치료비를 받기는커녕 장사를 다시는 못 하게 하겠다는 협박의 말을 들어야 했다.

이듬해인 1995년 3월, 최정환은 또 한 번 단속으로 스피커와 배터리 등을 빼앗겼다. 압수당한 물품을 찾으러 서초구청으로 갔지만, 욕설과 비아냥만 듣고 돌아와야 했다. 이게 결정적이었다. 이제 그에게 남은 무기는 자신의 목숨밖에 없었다. 최정환은 온몸에 시너를 끼얹고 불을 붙였다. 최정환은 약 2주간 사경을 헤매다 결국 목숨을 잃었다.

열사가 분신하고 영안실에 1,000여 명의 동지들이 모였는데, 음식을 대접하려니 돈도 없고. 그냥 직접 해 보자, 굶길 수는 없으니. 큰솥에다 국 끓여 밥해서 나눴죠.(유희)[4]

열사의 억울함을 풀자며 모여든 노점상과 장애인, 학생

과 시민. 잘 먹어야 잘 싸운다는 유희의 생각은 그때도 마찬가지였다. 현장에 솥을 걸고 국을 끓였다. 밤새 솥 앞을 지키며 밥을 지었다. 어떻게 그게 가능했는지 나중에는 생각조차 잘 안 날 정도로 정신이 없었다.

더 이상의 죽음이 없었다면 유희의 인생이 달라졌을까. 하지만 그해 늦가을, 또 한 번의 열사 투쟁이 시작됐다. 스물여덟 살의 장애인 노점상 이덕인이었다.

인천 송도 앞바다의 작은 섬 아암도. 1995년 인천시는 아암도에 친수공간(親水空間)을 조성한다며 용역 1,500여 명을 투입해 노점들을 철거했다. 노점상들은 망루 위에 올라 저항했다. 경찰은 망루에 물대포를 쏘고 돌멩이를 던졌다. 음식물 반입과 외부와의 연락을 차단했다. 이덕인은 고립된 망루의 상황을 외부에 알리고자 탈출을 시도했다. 그때가 11월 25일 밤이었다.

이덕인이 시신으로 발견된 건 사흘 뒤 진눈깨비가 "심란하게" 내리던 날이었다. 당시 전국노점상연합 상근활동가였던 최인기는 그날을 이렇게 기록했다.

1995년 11월 28일, 몹시도 추운 겨울날 탑골공원에서 조정
래 작가 노벨문학상 추천 발대식 및 서명대회가 열렸다. 양연수
씨가 추진한 이 행사에 조정래 작가와 출판사 관계자가 참석했
고, 행사를 마친 우리는 근처 식당에서 허기진 배를 채우고 있
었다. 당시 인천 아암도에 망루를 세우고 농성 중인 사람들이
걱정되어 모두 아무 말 없이 고개를 숙이고 조용히 밥을 먹고
있었다. 노점상 단체의 여성 부의장 유희 씨의 입담으로 분위기
가 다소 좋아졌다. (…)

"삐삐 왔네. 확인하고 올게."

"뭐라고? 누가 죽었다고?"[5]

노점상 활동가들은 인천으로 달려갔다. 전국노점상연합
부의장을 맡고 있던 유희도 함께였다. 연대하러 온 학생들
과 노동자들이 병원 영안실에 모여 시신을 지켰다. 다음
날, 경찰은 병원 영안실 벽을 부수고 들어와 시신을 탈취했
다. 그 과정에서 수많은 사람이 다쳤다.

얼마나 무섭게 들어오는지. 벽을 뚫고 저 높은 데서 유리가

   운명의 김치찌개

깨지면 저기서 사다리 타고 들어오고. 경찰들이. 그리고 들어오면서 막 피가 팍팍 튀겨가지고, 그때 실명된 학생도 있는데 아직까지 연락을 못 하고 못 찾어. 피가 막 이렇게 좌아악 솟구치고 쏟아지는데 막 응급실에 데려가고.(유희)[6]

강제 부검 후 경찰은 이덕인의 사인이 '익사'라고 밝혔다. 아무도 믿지 않았다. 시신에 선명하게 남은 구타의 흔적과 시신을 묶은 밧줄은 어떻게 설명할 건가.

농성이 시작됐다. 다음 해 4월까지 다섯 달 가까운 시간 동안 장례를 미루고 진상규명 투쟁을 벌였다. 연대하기 위해 농성장에 모인 노점상들, 장애인들, 대학생들과 노동자들. 유희는 특히 시신 탈취를 막다가 피 흘리고 경찰에 끌려간 대학생들이 눈에 밟혔다. 자기 일처럼 달려와 준 고마운 사람들이 밥을 굶으며 싸우는 모습을 볼 수가 없었다.

유희는 또 솥을 걸었다. 따뜻한 밥 한 끼에 연대의 마음을 담아 나눴다. 반년 가까운 시간 동안 밥으로 현장을 지켰다. 1995년 두 번의 열사 투쟁과 유희의 밥 연대. 이때가 바로 이후 30여 년간 이어진 밥 연대의 역사가 시작된 순간이

유희는 '투쟁'이 끝난 뒤에도 오래도록 이덕인 열사 어머니(왼쪽)를 챙겼다.
ⓒ 최인기 제공.

었다.

최인기는 이덕인 열사 투쟁 당시 "유희의 진가가 발휘됐다"라고 기억했다. 그것은 비단, 밥 연대만을 말하는 게 아니었다.

"서울에서 인천으로 왔다 갔다 하면서 유희 부의장이 많이 뛰어다녔죠. 그분이 대부분 영안실을 지키셨어요. 그리고 특히 (이덕인 열사의) 가족들을 잘 돌보셨어요. 항상 어머

운명의 김치찌개

님 아버님 옆에 붙어서 같이 이야기하고 용기 북돋아 주고, 어머님이 우시면 같이 울고, 같이 영안실에서 밤도 새우고, 이런 일들을 (유희 부의장이) 다 했죠.”

당시 활동가들이 놓치고 있던 것들을 유희는 “섬세하게” 발견해 냈다. 열사의 가족들을 챙기고, 연대하러 온 시민들의 식사를 챙기고, 활동가들의 건강과 안전을 걱정하는 일. 시간이 한참 지나서야 알게 됐다. 유희가 도맡아 해 온 그 모든 일들이 투쟁의 대의명분을 지키는 것만큼이나 소중하고 중요하단 걸.

지금 이 땅의 상황이 변하거나 좋아지지 않았는데 후회해 본들 무슨 소용 있겠어요? 이덕인 열사의 시신이 탈취되고 갈기갈기 찢겨져 드라이아이스에 뒤집고 엎어져 넣어지는 처절함에 비해 지금은 아무것도 아니죠. (…) 후회할 틈이 없어요. 후회할 기회를 갖기 위해 저는 조금 더 투쟁해야 해요. (유희)[7]

지금이나 그때나 노점상 단체 간부나 지역 대표는 남자들이 많았다. 그들 가운데 여성 부의장을 맡았던 유희는 어떤 모습이었을까.

"그때는 회의를 하면 아주 격렬했어요. (심할 때는) 재떨이도 집어던지고, 의자도 날아다니고. 그런데 유희 부의장이 '야! 너네들 똑바로 해!' 막 이러면 다들 꼼짝도 못 해요. 진짜 요즘 말로 등짝 스매싱도 날리고(웃음). 아주 많은 나이도 아니셨거든요. 대단했어요."(최인기)

부의장을 맡을 때 유희의 나이는 서른여섯 살이었다. 원칙에 어긋나는 모습을 보면 나이 많은 남성 지역 대표들 앞에서도 호통을 쳤다. 정 많고 눈물 많은 모습은 온데간데없었다. 그녀의 카리스마를 당할 사람이 없었다.

서선정이 기억하는 운동가로서 유희는 이 한마디로 표현된다. "열정 빼면 시체."

"항상 열정으로 치면 언니를 이길 사람이 아무도 없었어요. 투쟁 준비할 때는 무대 준비부터 회원들 한 명 한 명까지 굉장히 꼼꼼하게 놓치는 거 없이 다 챙겼거든요."

서선정이 특히 인상 깊게 기억하는 장면이 있다. 그 시절 큰 도심 집회가 열리면, 무대에서 먼 쪽으로는 어김없이 술자리가 벌어지기 마련이었다. 집회 준비와 진행으로 내내

 운명의 김치찌개

동분서주하던 유희는 어느 틈엔가 그쪽에도 나타나 있었다. 홍길동처럼.

"부의장! 우리 막걸리 한잔 받아야지!"

"아이고, 여기까지 오느라 고생 많으셨어요."

저마다 다른 방식으로 격려하고 아우르는 리더십. 낯을 가리는 성격이었던 서선정은 그런 유희를 본받고 싶었다. 오늘 처음 만난 사람도 몇십 년 만난 사람처럼 대하는 친화력까지.

"언니는 관계 형성에 탁월한 능력이 있었어요. 사람의 마음을 읽는 것도 능숙했죠. 투쟁 기금이 모자라서 모금이 필요할 때 사람을 설득하고 실제로 그분들의 주머니를 열게 하는 일을 언니가 거의 도맡아서 했어요. 조직이 커질 수 있었던 것도 언니 덕분이었고요."

최인기는 유희를 독보적인 선동가로 기억했다. 유희가 사람들 앞에서 마이크를 잡고 연설을 시작하면, 청중들은 그녀의 말 한마디 한마디에 울고 웃고 화내고 함께 주먹을 쥐었다. 최인기는 그것이 생각의 깊이와 감성의 폭이 어우러진 결과라고 생각했다.

"선동을 정말 잘해요. 기본적으로 감성이 엄청 풍부하죠. 선동할 때 막 드러나거든요. 제가 보기에는 타고난 감성이 없으면 그런 선동을 할 수 없어요. 그리고 어떤 활동가와 토론해도 밀리지 않을 정도로 사유가 깊어요. 그런 건 책으로 배워서 되는 게 아니거든요."

밥이 구세주다

서선정은 유희가 좀처럼 내색하지 않았던 어려움을 몇 번 눈치챈 적이 있었다. 열정도 해결해 주지 못한 것. 가족들의 생계를 부양해야 한다는 책임감이었다. 노점상 벌이로 세 아들을 먹이고 입히는 건 늘 버거웠다. 하지만 누구에게도 고단함을 먼저 말한 적은 없었다.

"언니가 그런 건 입이 무거워요. 언니랑 그렇게 붙어 다닐 때도 저는 몰랐어요. 아들 하나가 야구를 했거든요. 지금도 그렇지만 운동을 시키려면 부모가 돈을 대야 하잖아요. 자식 셋을 키우는데 운동하는 자식까지 있으니, 노점으로 가정을 책임진다는 게 어려운 상황이었어요. 그때도 빚을 내 가며 살았다는데, 저는 그것도 몰랐어요. 언니가 한

 운명의 김치찌개

마디도 안 해서.”

최인기에게 그런 기억이 있다. 유희의 이삿날. 함께 활동하는 동료들이 이사를 거들러 갔다. 하지만 도울 게 없었다. 조그마한 집에 든 세간살이가 너무 단출해서.

초창기부터 노점상운동을 이끈 노수희 고문이 감옥에 갇혔을 때 이야기다. 노 고문 역시 포장마차로 생계를 꾸리는 부부 노점상이었다. 노 고문이 감옥살이하게 됐으니 이제 장사는 부인 혼자 책임져야 했다. 그런데 포장마차의 무게가 문제였다. 하나에 200킬로그램까지 나가는 것도 있었다. 나중에는 포장마차를 장사하는 곳까지 끌고 가서 펼치는 일을 돕는 직업까지 생길 정도였다고. 노 고문의 부인 혼자 그 무거운 포장마차를 끌고 가고, 펼치고 접는 일을 감당할 수가 없었다.

“그때도 유희 언니가 가서 (노 고문 부인을) 도와주셨어요. 굉장히 오랫동안. 포장마차만 끌어 주고 펴 준 게 아니라, 언니가 같이 거기서 음식도 만들어 주고. 우리 같으면 한두 번 정도야 도와드릴 수는 있겠죠. 그런데 그걸 그렇게 꾸준히 하기는 정말 쉽지 않거든요.”

최인기가 청년운동과 노동운동을 거쳐 노점상 단체의 선전국장으로 상근 활동을 시작한 것은 1995년. 스물아홉 살 최인기가 받은 활동비는 한 달에 20만 원이었다. 평범한 직장인들과는 비교 자체가 무색할 정도. 그마저도 초창기보다는 처우가 나아진 거였다.

"생계를 유지하기가 힘드니까 대부분 식사는 라면 끓여 먹고 그랬던 시절이죠. 아니면 노점상 회원들 장사하는 데 옆에 껴서 같이 장사를 하거나, 이런 것들을 병행했어요."

유희는 신입 활동가인 최인기를 각별히 아끼고 챙겼다. 노점상 회원들이 파는 과일이나 채소 같은 것들이 사무실에 들어오면, 그것들을 항상 최인기의 손에 들려 보냈다. 집에 가져가서 먹으라고. 유희의 포장마차에서 우동이며 막걸리를 얻어먹은 적도 여러 날이었다.

"유희 부의장이 저한테 '신선초'라 그랬다니까요. '이슬 같은 남자'라고. 그만큼 순수하고 착해 보였다는 말이에요. 지금은 아무도 기억을 못 하고, 제가 지어낸 말이라고 비난하는데, 진짜거든요(웃음). 그만큼 후배, 동료 활동가들을 많이 챙겨 줬어요."

동료들을 챙기는 데는 유희의 자매들까지 동원(?)됐다. 유희는 네 자매 중 둘째. 유희를 뺀 세 자매가 모두 미용사다. 유희는 노점상 활동가들을 동생의 미용실로 끌고(?) 갔다.

"(노점상 활동가들이) 머리를 깎을 돈도 부담스러운 거예요. 우리 집행부들을 죄다 끌어다가 (동생 미용실에) 앉혀서 머리를 깎이고, 이런 일도 언니가 다 했어요. 언니는 항상 콩 한 쪽도 있으면 나눠 먹고, 그런 게 항상 남다른 분이셨어요."

싸움에 이기든 지든 밥은 먹고 살아야 한다. 결론은 밥 때문에 싸우는 거다. 내 30년 운동의 본토가 빈민 투쟁이에요. 노점상, 철거민. 1,000원 줄게 밥 사 먹어, 만 원 줄게 밥 사 먹어. 이런 말은 하기 쉽다는 거지. (하지만) 정말 내가 내 자식들한테 해 먹이는 밥을 해서 나누는 건 (어려운 거다). (유희)[8]

어렵고 힘든 사람을 지나치지 못하는 사람. 배고픈 사람을 그냥 두지 못하는 사람이 유희였다. 2000년대 이후 유희가 전국의 농성장과 집회 현장을 다니며 '십시일반 음식

연대'를 본격적으로 시작했을 때 서선정은 "그러고도 남을 사람"이라 생각했다.

"언니가 밥 연대를 한다는 얘기를 듣고 존경스러웠어요. 그 시절 제가 봐 온 언니 모습 그대로잖아요. 남 굶는 거 못 보고, 늘 남 배고픈 거 챙기던 모습이 더 구체화된 거라고 생각했죠. 역시 그릇이 달랐던 것 같아요. 밥을 나누는 일에 언니는 정말 진심이었구나."

최인기는 유희가 '십시일반 음식연대'를 한다는 말을 듣고 솔직히 걱정했다. 돈이 생기는 일도 아니고, 헌신성 하나로 해야 하는 일인데 어쩌자고 일을 벌이나.

하지만 최인기는 연대가 얼마나 중요한지 누구보다 잘 알고 있었다. 무엇보다 1995년부터 이덕인 열사 투쟁을 하는 동안 유희가 그 겨울을 어떻게 보냈는지, 그녀가 십시일반으로 차린 따뜻한 밥 한 끼가 사람들에게 얼마나 큰 힘이 됐는지 똑똑히 지켜봤으니까.

"(유희처럼) 연대 활동을 하시는 분들이 있기 때문에 장기 투쟁이 유지될 수 있거든요. 하나의 버팀목이 되는 거죠. 그리고 이런 헌신성을 통해서 서로 감화(感化)가 되잖아요.

'투쟁하는 사람들'이 있는 곳이라면 그곳이 어디든 그녀의 밥차가 찾아간다. 2017년 추정. ⓒ 유희 페이스북.

십시일반. 여기 딱 들어맞는 말이죠. 딱 정리되잖아요. 무슨 말이 더 필요해요."(최인기)

서선정은 유희와 함께 "찰떡같이" 붙어 다니며 1990년대를, 20대 청년 시절을 보냈다. 결혼과 출산을 계기로 지역을 옮기면서 자연스레 떨어졌다. 하지만 유희와 동지들이 열어 보여준 길을 지금까지 걷고 있다. 송파주거복지센터 센터장으로, 위례시민연대 사무국장으로 여전히 바쁜 나날을 보내는 중이다.

"그때 같이 계셨던 분들이 지금도 저한테 '유희 언니가 너를 얼마나 예뻐했니'라는 말을 많이 하세요. 옛날엔 정말 어딜 가나 둘이 딱 붙어 다녔어요. 그때는 만나면 웃을 일밖에 없었던 것 같아요. 상황은 힘들었지만, 얼굴을 보면 항상 행복하고 즐거운 사이."

"인생에서 가장 좋았던 시절"을 함께한 유희 언니. "밥은 하늘이다"라고 외치며, 땅에서 디딜 곳 없이 밀려난 사람들에게 평등한 하늘을 나눠 준 사람. 하늘의 밥을 나누던 유희는 2024년 6월 하늘로 돌아갔다. 향년 65세.

밥에는 목적이 없다. 무조건적인 거다. 굳이 의미를 붙이자면 그저 굶지 말고 건강히 투쟁하라는 거다. 만날 컵라면에 김밥 먹을 때, 그런 때 따끈한 밥을 내놓는 건 구세주다. 밥에 목적이 있으면 안 된다. 밥은 무조건적인 것이다.(유희)[9]

서선정은 함께 일하는 동료들을 위해 매일같이 밥을 짓는다. 30년 전 유희가 그랬던 것처럼. 밥을 나누고 하늘 같은 마음을 나눈다.

"내가 이 세상을 살다 가면서 그래도 보람되고 가치 있는 일을 했다, 그래도 이 사회에 도움이 되는 일을 했다고 말할 수 있어야 하지 않겠어요? 그런 마음으로 나름 열심히 스스로를 경계하면서 살아가려 해요. 유희 언니에 비하면 정말 많이 부족할 뿐이지만."

깡패도 대통령도
맞짱

"저기요 아저씨, 안 무서워요? 빨갱이란 소릴 듣고도?"

젊은 여성 노점상이 노수희에게 말을 걸었다. 그날 노수희는 서울 청계천 주변을 돌며 노점상들의 손에 유인물을 나눠 주고 있었다. 사흘 전에도 왔던 곳. 그때는 노점상 중 누군가가 '여기 빨갱이가 나타났다'라고 신고하는 소동이 있었다.

"그런 소리야 뭐 항시 듣고 삽니다."

노수희는 능청맞게 웃으며 대답했다. 그 역시 포장마차

를 하는 노점상이었다. 때는 "군사작전 하듯 노점상을 쓸어버리던" 1980년대 후반. 단속이 강화될수록 역설적으로 저항은 거세졌다. 노점상들은 전국노점상연합을 만들어 조직적으로 단속에 맞서기 시작했다.

노수희는 여성 노점상에게 왜 단속에 맞서 싸워야 하는지, 왜 노점상 단체로 뭉쳐야 하는지 유인물에 들어 있는 내용을 설명했다. 가만히 듣고 있던 여성 노점상이 또 물었다.

"근데 어디서 돈이 나와서 이런 걸 해요?"

"각자 우리 돈 내서 하는 겁니다."

아직 회원들이 많지도 않지만, 회비 관리 같은 조직의 체계가 갖춰지기 전이었다. 초창기 활동가들은 자기 돈을 내며, 급할 때는 "일수 돈도 얻고 달러 빚도 얻어 가며" 활동했다.

얘기를 들은 여성 노점상이 깜짝 놀랐다. 그리고 지나가는 말인 듯 조용히 한마디 덧붙였다.

"다음에도 한번 들르세요."

노수희의 포장마차는 가까운 세운상가 앞에 있었다. 그 다음 만남부터 여성 노점상은 노수희에게 수많은 질문을 쏟아냈다. 노수희는 묻는 말에 하나하나 상세하게 답했다. 똑 부러지는 성미에 총기 넘치는 눈빛이 인상에 남았다. 그 여성 노점상의 이름은 유희였다.

포장마차 엄마들이 옷을 벗었다

세 아들을 낳고 스물세 살에 시작한 노점상. 그때는 단속반 원들이 완장을 차고 돌아다니면, 노점상들은 돈을 걷어서 그들의 주머니에 찔러 넣어 줘야 했다. 유희는 돈을 걷는 총 무 역할을 했다. 돈은 돈대로 뜯기고 철거 협박은 협박대로 당하던 시절이었다.

유희의 나이 서른 살쯤에 노점상운동이란 걸 처음 만났 다. 노수희와 양연수 같은 이들을 만나면서 유희는 노점상 에게도 권리가 있다는 걸 알기 시작했다. 돈이 많으나 적으 나, 자기 점포가 있으나 없으나, 모든 인간에게 보장돼야 하는 권리. 생존권이었다.

활동가들은 유희에게 집회에 함께 가자고 했다. 텔레비 전에서만 보던 무시무시한 데모.

"어이구, 저 데모 안 가요!"

　　　　　　　　　　　　　　　　　　　　깡패도 대통령도 맞짱

그럼 대신 다른 데를 한번 가자고 했다. 장사를 잠깐 접고 따라나섰다. 도착한 곳은 서울 돈암동 철거촌이었다. 88올림픽 전후로 정부는 두 가지를 싹 쓸어버리려 했다. 하나는 길거리의 노점상. 또 다른 하나가 서울의 산동네였다.

유희의 눈앞에 처참한 풍경이 펼쳐졌다. 곳곳에 부서진 집과 얼기설기 임시로 엮은 천막. 그 안에 사람이 살고 있었다.

어디선가 꽹과리 소리가 들렸다. 유희는 거기서 놀라운 장면을 봤다. 여덟 살에서 열 살 되는 아이들 한 무리가 강제 철거에 반대하는 집회에서 꽹과리를 치고 있었다. 저런 애들도 자기 집을 지키려고 저렇게 싸우고 있구나. 유희는 소름이 돋았다. 그 모습을 한참 쳐다보던 유희는 양연수에게 말했다.

"저, 같이할게요."[10]

유희는 전국노점상연합 활동을 시작했다. 역시 똑 부러진 성미답게 뒤로 빼는 법이 없었다. 특히 사람들 앞에서 연설하고 선동하는 데 타고난 재주가 있었다. 당시 유희의

모습을 노수희는 이렇게 한마디로 표현했다. '장군.'

"행동거지가 화끈하고 확실했어. 여장군이여, 여장군. 항시 생각이 긍정적이고 어려운 일이 있어도 한순간 고민하다 딱 잊어버려. 내가 언제 그랬냐 싶게."

그리고 유희가 "노점상운동에 집중하겠다고 마음먹게" 된 또 한 번의 계기가 있었다. 그날도 서울 도심에서 노점상 집회를 마치고 행진에 나선 때였다. 당시 문화국장을 맡고 있던 유희는 메가폰을 들고 앞에서 구호를 외치고 있었다. 그 순간 경찰의 진압이 시작됐다. 전경들은 노점상들을 향해 곤봉을 휘두르고 발길질을 날렸다. 여성 노점상들의 머리채를 잡아끌고 쓰러진 노점상의 사지를 들어 연행했다. 유희 역시 "이단옆차기"를 맞고 쓰러졌다. 그리고 충격적인 장면이 눈앞에 펼쳐졌다.

50대, 60대 되는 포장마차 엄마들이 옷을 벗은 거야. 어르신들이 팬티만 입고 울면서 현수막을 들고 나가는데…. 그때 내가 분신을 하면 이 상황이 끝나겠다는 생각이 든 거야. 어떤 넥타이 맨 사람한테 내가 만 원을 주면서 '휘발유 한 통 좀 사다 주

  깡패도 대통령도 맞짱

세요!' 그랬어. 근데 그 사람이 만 원 떼어먹고 안 가져왔어. 하하. (…) 그렇게 절실했지. (유희)[11]

진압에 맞서 옷을 벗고 저항한 여성 노점상들. 몸을 보인다는 부끄러움보다 노점상이란 삶이 준 모욕과 울분이 더 크고 깊었다. 노점상들은 쇠사슬로 서로의 몸을 엮어 버텼다. 알몸으로 구호를 외치는 사람들도 울고, 차마 그걸 볼 수 없어 고개 숙인 사람들도 울었다.

경찰의 발길질에 쓰러진 유희는 병원으로 옮겨졌다. 치료를 받고 나와 봤자 경찰에 연행될 운명. 유희는 병원에서 도망쳤다. 흩어진 사람들이 다 명동성당으로 모이고 있다는 소식을 듣고 유희는 택시를 타고 명동성당으로 왔다. 노점상들은 이미 명동성당 들머리 안쪽으로 집회 대오를 갖췄고, 경찰들은 그 앞을 봉쇄하고 있었다.

안쪽으로 들어갈 길이 없나 두리번거리던 유희가 전경한 사람과 눈이 마주쳤다. 어찌 알아봤는지 그 전경이 몇 사람을 더 데리고 유희 쪽으로 다가왔다. 그때였다.

"이쪽으로! 이쪽으로 들어와요!"

전경들에게 쫓기던 유희를 불러 세운 사람은 근처 어느 식당 주인. 경찰들이 가고 나면 부르겠다며 식당 창고 안에 유희를 숨겼다.

그렇게 한 시간이나 지났을까. 노점상들이 농성을 끝내지 않는 한 경찰들이 철수할 것 같지 않았다. 에라이, 정면 돌파다. 유희는 식당 문을 열고 나왔다. 명동성당 입구 쪽으로 가니 역시나 전경 네 명이 이쪽저쪽을 잡아 세운다. 유희가 전경들에게 말했다.

"내 얘기 좀 들어 봐. 너네 부모가 노점상을 하는데 그렇게 단속을 하고 굶어 죽게 생겼으면 어떡하겠냐? 이럴 수밖에 없는 우리 마음은 어떻겠냐? 그러니까 나 좀 그냥 보내 줘. 응?"

유희의 설득이 길어질수록 그녀의 팔을 잡은 전경들의 손에 스르륵 힘이 빠졌다.

"…저쪽으로 돌아서 빨리 가세요."

그렇게 명동성당 안 노점상 무리에 합류했다. 그렇게 시작한 농성은 한 달간 이어졌다.

노점상 투쟁 중 트럭 위에서 연설하는 유희. 1990년대 중반 추정. ⓒ 유희 페이스북.

30년 전 노점상-철거민 연대 투쟁 당시에 박원주(오른쪽)와 함께. 세월이 흘러 다시 만난 박원주는 밥묵차 활동의 든든한 후원자가 된다. ⓒ 유희 페이스북.

아마 1992년의 일로 짐작된다. 명동성당에서 보낸 한 달. 유희 모습을 눈여겨보던 사람이 있었다. 나중에 "찰떡같은 사이"가 되는 동갑내기 노점상 활동가 조덕휘다.

"그전부터 유희라는 분을 알고는 있었죠. 1992년에 명동에서 집회하는데, 앞에 나와서 연설하는 게 딱 눈에 띄더라고. 카리스마가! 그때부터 관심을 갖기 시작하고 친해지려고 노력했죠."

유희는 1993년 전국노점상연합 연대사업국장을 맡았다. 유희에게 딱 맞는 역할이었다. 조덕휘는 그녀가 누구보다 "연대의 관점이 뚜렷했다"라고 기억했다.

"같은 노점상이지만 사람이 자기가 단속당할 때하고, 남들이 단속당할 때하고 느낌이 다르잖아요. 어떤 사람은 '내 단속만 피하면 되지 뭐' 이런 생각을 할 수도 있는데, 유희 동지는 누가 단속을 당하든 늘 자기 일로 생각하더라고요."

노점상뿐 아니라 철거민 쪽에도 투쟁이 많았다. 그 과정에서 안타깝게 목숨을 잃는 이들이 있었다. 빈민들, 노동자들의 투쟁 현장에 연대하는 일을 유희가 맡아서 했다. 특히 이덕인 열사 투쟁 때는 유희와 조덕휘가 연대 사업을 도맡아서 이끌었다.

1995년 봄엔 최정환. 가을엔 이덕인. 그해 두 명의 장애인 노점상이 목숨을 잃었다. 열사의 억울함을 풀자고 모인 사람들을 위해 유희는 농성 현장에 솥을 걸고 밥을 지었다. 그때가 바로 이후 30년 뒤까지 이어진 밥 연대의 출발점이다.

열사의 시신이 안치된 영안실을 지키고 유가족을 보살피는 일도 유희의 몫이었다. 경찰이 병원 영안실로 쳐들어와 시신을 탈취하는 믿을 수 없는 현장에 유희가 있었다.

경찰들이 침탈을 들어왔어. 병원 양쪽에서 사다리를 타고. 소름이 끼치더라고. (연대하러 온) 대학생들이 (머리가) 다 깨지고. 피가 천장으로 튀고. 다 잡혀가고…. 내가 이 역사를 남기지 않으면 후손들에게 면목이 없겠다 해서, 일회용 카메라를 사가지고 사진을 찍었어. 처음엔 (빼앗길까) 무서워서 필름을 화장실 휴지통에다 숨겼어. 그랬다가 그걸 한 대학생한테 주면서 혹시 내가 잡혀가면 이걸 〈한겨레〉 신문이나 전국노점상연합에 갖다주라고 했어. 다행히 안 잡혀가고 상황이 끝났어. 그 대학생한테 필름을 다시 받아서 (미행을 따돌리느라) 택시를 네 번 갈아타고 현상소로 갔어. 현상을 했는데⋯ 무슨 단합대회 사진이 나왔어. 거기서 내가 기절을 했어. 아, 이게 프락치구나.(유희)[12]

유희는 1995년 전국노점상연합 부의장을 맡았다. 노점상 단체는 여성 회원이 대다수임에도, 정작 간부와 지역장은 대부분 남성이었다. 지역장을 여성이 맡는 경우가 간혹 있었지만, 여성 부의장은 유희가 최초였다. "강단 있는 통솔력과 지도력"을 인정받은 결과였다.

"회원들이 대부분 여성인데도 불구하고 (조직 내부에) 여성에 대한 개념이 없었어요. 유희 부의장이 등장하면서 우리 안에서도 어쨌든 여성의 문제가 좀 부각되는 계기가 됐죠."

동갑내기 친구 조덕휘는 유희가 부의장직을 맡기까지 얼마나 고민했을지 알고 있었다. "금호동 꼭대기 산동네"에 살면서 노점상으로 "하루 벌어 하루 먹는" 처지가 뻔했으니까.

유희는 부의장을 맡은 뒤 공구 노점을 접고 포장마차를 시작했다. 그 역시 활동을 더 잘하기 위해서였다. 포장마차 장사는 밤에 시작하니 낮 시간을 온통 활동에 쏟을 수 있었다.

"낮에는 활동하고 해 지면 포장마차 열고. 굉장히 힘들었을 거예요. 포장마차도 주로 단골 장산데, 새벽 서너 시까지는 열어 놔야 하니까. 그 와중에 단체 사무실은 서울에 있어도 부산에서 일이 터지면 내려가야죠. 지방 왔다 갔다 하는 일도 유희 동지가 다 했지."

어디선가 노점상 단속이 벌어질 때마다 간부들은 현장에 출동해 함께 싸웠다. 그들이 맞서야 하는 상대는 주로 용역들. 말이 용역이지 깡패나 다름없는 자들이었다. 저항은 하지만 "피를 보는 건" 늘 노점상 쪽이었다. 싸우고, 맞고, 노점을 빼앗기고, 구청에 가서 찾아오고, 또 단속을 당하고, 또 싸우고, 또 쓰러지는 일이 반복됐다.

그런 현장에서 보여준 유희의 깡다구는 전설처럼 여겨졌다. 단속반 앞에서든 경찰 앞에서든 유희는 맨 앞에서 "버티고 들이받고" 싸웠다.

"경찰들한테 그냥 눈을 부릅뜨고! 막 해대는 거야! 경찰

노점상 단속 현장에는 몸에 문신을 새긴 '덩치'들이 동원됐다. 말이 용역 이지 깡패나 다름없는 자들. 자료 사진. ⓒ 최인기 제공.

들이 우물쭈물 '아이 왜 그러세요' 할 정도로. 유희 동지가 나타나면 단속반들도 어설프게 못 달려들어.”

조덕휘는 “사례는 무지 많지만” 한 가지만 들려줬다. 유희가 철거촌 빈민들의 싸움에 연대하러 갔을 때 용역들이 진을 치고 있었다. 그때 유희가 딱 버티고 서서 호통을 쳤다.

“너, 이 새끼들아. 젊은 놈들이 이렇게 살면 안 돼!”

용역 중에는 “거칠게 놀던 친구들”도 많았다. 놈들은 문

　　　　　　　　　　　　　　깡패도 대통령도 맞짱

신을 보이며 겁을 주기 일쑤였다.

"놈들이 옷을 벗고 팬티만 입고 난장을 쳐요. 근데 유희 부의장이 '팬티는 왜 입었어, 임마! 벗어 봐! X만 한 게!' 막 욕을 하니까 애들이 쪽팔려서 물러나고(웃음). 한번은 용역들을 잡아서 옷을 벳겨버린 거예요. 등짝에 문신 있는 걸 사진 찍으려고. 오히려 경찰들이 공포탄을 쏴서 상황을 정리하고…. (유희는) 그 정도로 대단했어요. 타의 추종을 불허하지."

대통령과 맞짱 뜨다

유희의 깡다구를 증명하는 일화는 또 있다. 1992년 대선에서 당선된 김영삼이 아직 당선인이던 시절. 노점상들은 그를 찾아가 노점상의 현실을 알리는 기습 시위를 하기로 했다. 장소는 김영삼이 장로로 있는 교회. 일요일 아침, 유희와 일행들은 일찍부터 교회에 들어가 있었다.

예배 시간이 가까워지자, 김영삼이 건장한 경호원들에게 둘러싸여 교회로 들어왔다. 노점상들은 그를 향해 우르르 달려갔다. 그리고 노점상들의 호소를 담은 문서를 건넸다.

“이거 좀 봐 주세요! 우리 노점상들이 이렇게 당하고 있습니다. 대책을 좀 마련해 주세요.”

김영삼이 문서를 받았다. 그런데 문서로는 눈길 한 번 주지 않고 곧장 옆에 있는 수행원에게 넘겨버렸다. 그걸 본 유희가 소리를 질렀다.

“너 같은 게 대통령이면 나는 영부인이다! 봐 주는 척이라도 해야지, 그렇게 무시하냐?”

어디서 그런 용기가 났는지 유희 자신도 모를 일이었다. 옆에 있던 경호원의 주먹이 유희의 명치로 날아들었다. 유희는 그대로 꼬꾸라졌다. 경호원들이 유희 일행을 거칠게 밀어냈지만, 이대로는 못 간다고 악에 받쳐 소리를 지르며 버텼다. 경찰들이 몰려왔다. 교인들이 보는 앞에서 더 이상의 폭력을 쓰기도 난처했다. 결국 정보과 형사가 나중에 꼭 답변을 받아 주겠다고 노점상들을 설득해 상황은 종료됐다.

몇 개월 뒤 답변이 왔다. 민원을 잘 검토하겠다는 뻔한 대답이었다.

깡다구로 기억된 유희지만, 두려움이 없는 건 아니었다. 집회에 나갔다가 혹시나 돌아오지 못할까 불안한 마음. 그 마음을 유희는 한 다큐멘터리 인터뷰에서 이렇게 표현했다.

"나는 집회를 나갈 때 이것이 좀 위험한 집회다 (생각되면), 새벽에 목욕을 하고, 어디 빚진 건 없나 (돌아봐요)."[13]

1991년의 이른바 분신 정국 때도, 1995년의 '5·18특별법' 제정 투쟁 때도, 그리고 그 시절 수많은 노점상, 철거민, 노동자, 대학생 열사 투쟁 때도 유희는 앞장서서 싸웠다.

사람들이 막 죽어 나가니까. 사람이 그런 걸 보면 더 악이 생겨서 더 하게 되잖아요. 종로에 가면 늘 유희가 있다 할 정도로. 최루탄 냄새를 맡다가 아 이러다가 죽을 수도 있겠구나 할 정도로. 방송차 위에서 중심도 되게 잘 잡았던 거 같아(웃음). 나는 국회의원들이 그 법('5·18특별법')을 만들었다고 생각 안 해요. 종로에 나왔던 그 수만 명 시민들의 힘으로 됐다고 생각하고….(유희)[14]

싸울 때도 놀(?) 때도 유희의 악바리 근성은 어딜 가지 않았다. 노점상 회원들의 단합을 위해 매년 열리는 체육대회. 종목 중에 여자 씨름이 있었다.

"100킬로그램 넘는 아주머니가 있었어요. 노점상 중에 힘 좀 쓰는 사람들이 많거든요. 근데 아무도 그분을 넘기질 못해. 유희가 결승에서 그분하고 만난 거야. 근데 유희가 한 판은 넘기는 거예요. 3판 양승이라 (2:1로) 결국 지긴 했는데, 한 판은 넘기더라니까. 대단하지."

조덕휘의 기억 속 "강철 여인"이란 표현도, 노수희의 기억 속 "사람 챙기기 선수"란 표현도 모두 틀린 말이 아니었다. 거짓 없이 동지들을 대하고 한 가지 일에 끝까지 집중하는 것. 조덕휘는 유희를 보며 많이 배웠다. 여러 사람들에게 따뜻함을 나누던 모습에서도.

"쾌활하기만 한 것도 아니야. 일할 때 보면 굉장히 차분해요. 그리고 아무래도 집단 안에서 좀 소외되는 사람이 있을 수 있어요. 그런 사람들을 참 잘 챙기고 화합시키는, 지도력이 있는 정말 얼마 안 되는 사람이지. 정의롭고 잔정도 많고. 한마디로 '좋은 사람'이에요."

노수희는 포장마차를 비울 때가 많았다. 노점상 회원들을 모으기 위해 전국으로 돌아다니거나, 그 때문에 수배자가 되거나, 수배 끝에 감옥에 들어가는 일이 있었다. 그럴

    깡패도 대통령도 맞짱

때마다 노수희의 포장마차는 유희 것이나 다름없었다. 노수희의 부인 혼자서는 끌지 못하는 무거운 포장마차를 유희가 함께 끌고, 장사를 펴고, 직접 음식을 하고 서빙까지 도왔다.

유희는 노수희의 수배 생활만 도운 게 아니다. 유희 자신도 수배자가 돼 쫓긴 적이 있었다.

수배령이 내렸다. 어느 날 종로에서 2,000명 단위의 집회를 열었다. 본부에서는 오지 말라고 했지만, 유희는 당당하게 가고 싶었다. 단상에서 다른 대표가 연대사를 했다.

"늘 이 자리에서 사회를 봤던 유희가 지금 수배 중이다. 현정권은 아무 죄 없는 사람들을 이런 굴레에 가둬 놓고 있다."

그 연대사를 듣던 유희가 군중 속에서 "저 여기 있습니다!" 하고 소리쳤다. 군중들이 "와!" 환호성을 질렀다.[15]

아마도 그동안 노점상 단체가 연 집회에 불법의 굴레를 씌워서 간부들에게 법적 책임을 지운 것 아닐까. 유희는 두 달 정도 도망자로 지냈다. 집에도 잘 들어가지 못했다.

형사들이 수시로 유희의 집으로 찾아왔다. 집에는 아이들밖에 없었다. 겁을 먹을 만도 한데, 중학생이던 큰아들은 오히려 형사들에게 따졌다고 한다.

"우리 엄마가 무슨 죄를 지었어요? 우리 엄마는 남들 위해서 옳은 일하는 사람인데, 아저씨들이 왜 우리 엄마를 찾아요?"

유희가 나중에야 정보과 형사를 통해 들은 얘기다.

수배 생활 동안 노점상들의 도움이 정말 컸다. 제기동 시장에서 나물 파는 할머니는 유희의 주머니에 꼬깃꼬깃한 만 원짜리 지폐 한 장을 넣어 주면서, 굶지 말고 다니라고 했다. 서초구에서 포장마차를 하는 한 노점상은 유희에게 집 열쇠를 주면서, 자기는 밤에 장사하고 아침에나 들어가니까 언제든지 들어가서 자라고 했다. 그는 20만 원이라는 거금까지 줬다. 그야말로 구세주였다. 그 집에서 한 달 반 정도 살면서 수배 생활을 했다.

하지만 언제까지 쫓기며 살 순 없었다. 활동도 활동이고 어린 아들들도 문제였다. 유희는 경찰에 자진 출석하기로 했다. 경찰서로 가는 길에 억울해서 눈물이 났다. 조사받으

　　　　　　　　　　　　　　　깡패도 대통령도 맞짱

러 가는 날, 경찰서 앞에는 노점상 수백 명이 모여서 집회를 열었다.

무사히 조사를 받고 나왔다. 다행히 몇십만 원짜리 벌금형으로 마무리됐고, 수배는 풀렸다. 당시 함께 활동하던 전국노점상연합 간부 중에 구속을 피한 건 유희가 유일했다.

흑이면 흑, 백이면 백. 활동가로서 유희는 회색이 없는 사람이었다. 원칙에 맞으면 무조건 하고, 원칙에 어긋나면 거들떠보지도 않는 성격. 조직적 결정을 실천하는 데 누구보다 열정적이었던 만큼, 원칙에서 벗어난 행동에 대해서는 비판을 매섭게 했다.

"한 번 결정한 것은 어떠한 일이 있어도 밀어붙이지. 잔머리를 안 굴리거든. 주춤주춤 재고 자시고 이런 게 없어. 옳은 일에는 앞뒤를 안 가려. 투쟁 나가서는 언제든지 앞장을 섰고, 나서지 않는 간부들이 있으면 '뭐 하는 거야!' 큰소리로 야단치고, 그런 기억이 나네."(노수희)

정 많기로 유명하고 사람 챙기는 데 선수였지만, 그런 유희가 동료들을 용서하지 않을 때가 있었다. 거짓말하는 것. 조직 안에서 부당한 일이 생길 때도 유희는 나이와 직책을 불문하고 불같이 호통을 쳤다. 등짝 스매싱이 날아오는 경우가 많았다.

"등짝 스매싱은 내가 제일 많이 맞았을 거야, 진짜. (세상 뜨기 전) 최근까지도 맞았으니까(웃음). 친하니까 더 많이 때린 거지. 싸우기도 많이 싸웠어요. 물론 몸싸움은 내가 일방적으로 맞았지만. 나는 '좀 쉬어라, 본인도 좀 챙기면서 해라' 잔소리를 많이 했지. 너무 아까운 사람이잖아요. 애정이 있기 때문에 싸웠어."(조덕휘)

전국노점상연합 부의장 활동은 1997년까지 이어졌다. 이후 2000년 전후로 유희는 노점상을 그만둔다. 노점상 단체 활동은 자연스레 마무리됐다. 돈암동 철거촌 아이들을 보고 같이 싸우겠다고 마음먹은 뒤로 10년 세월이 더 지나 있었다.

프리지어의 꽃말

2000년대 초, 사십 대가 된 유희는 언니가 살던 인천에 자리를 잡았다. 카페와 노래방, 민속주점 등을 운영했다. 갑자기 구두 만드는 일을 하겠다고 1년쯤 일본에 살다 오기도

 깡패도 대통령도 맞짱

유성기업 노동자들의 투쟁에 밥 연대. 즉석에서 부침개까지.
2016년. ⓒ《작은책》.

금속노조 아사히비정규직지회 노동자들에게 따뜻한 밥 연대.
2022년. ⓒ 유희 페이스북.

했다. 지역 봉사 단체에서 활동하며 이웃들을 위한 노래 봉사, 목욕 봉사, 음식 봉사 등을 열심히 했다.

그리고 노동자들의 투쟁 현장에 밥을 지어 나누는 밥 연대를 시작했다.

"어느 날 갑자기 밥차를 하겠다는 거야. 이게 쉬운 게 아니잖아. 내가 하지 말라 그랬어요. 근데 뭐 말릴 수 있는 사람이 아니잖아. '정 그러면 한번 해 봐라' 했지만, 솔직히 금방 포기할 줄 알았어. 아, 근데 해내더라고. 정말 대단한 끈기고, 유희 아니면 못 하는 일이지."(조덕휘)

유희의 밥 연대는 그녀가 세상을 떠나기 직전까지 계속됐다. 전국 팔도에 밥묵차의 바퀴 자국이 남았다. "춥고 외로운 투쟁을 해 본 사람치고 유희 동지의 밥을 안 먹어 본 사람이 있을까요"라는 말이 나올 정도로.

많이 가져서 나누는 게 아니었다. 동갑내기 절친 조덕휘는 유희가 얼마나 힘든 상황에서 밥 연대를 했는지 잘 알고 있다. 노점상 시절부터 사무실에서 밥을 지어 동료와 나누고, 열사 투쟁의 현장에 솥을 걸고 밥을 지어 먹이던 유희의 정신이 가능하게 만든 일이었다.

"유희는 (농성 현장에) 가서 밥만 해 주는 게 아니잖아요. 마음으로 독려하고, 같이 아파하고, 같이 눈물 흘리고…. 난 그걸 보면 지금도 눈물이 나와. (…) (유희는) 참 어려운 일을 쉽게, 또 즐겁게 해낸 사람이고, 자기도 힘들지만 자기 할 일을 스스로 찾아서 한 훌륭한 사람. 수많은 사람에게 감동을 안겨 준 사람이다, 나는 그렇게 생각해요."

노수희가 유희를 다시 만난 건 거의 20년 만이었다. 경북 성주군 소성리. 주한미군의 사드(THAAD, 고고도미사일방어체계) 배치에 맞서 시민들이 투쟁에 나선 곳. 노수희는 그곳에서 집회에 연대하러 갔다가, 밥차를 끌고 온 유희를 우연히 만났다. 노수희도 몇 번의 투옥을 겪으며 세상과 떨어져 있었고, 유희도 노점상을 그만두면서 오랫동안 연락이 끊긴 상태였다.

"기가 막히더라고. 만나니까 반갑기도 하고, 어이가 없기도 하고…. 집회가 끝나고 한 10분쯤 대화를 나눴나. 한동안 방황을 좀 했다고 그렇게만 얘기하더라고. 그러다가 다들 어렵게 투쟁하고 있는데 밥 한 끼라도 먹이고 싶어서 이걸(밥차) 한다고…. 유희가 '죄송합니다, 너무 뭐라고 하

열사 추모 행진에서 유희 영정을 들고 참가한 절친 조덕휘(가운데). 오른쪽은 박원주. ⓒ 조덕휘 제공.

지 마십시오’ 해서, 서로 손 붙잡고 눈물 흘리고 그랬어.”

유희는 2022년 11월, 췌장암 진단을 받았다. 하지만 투병 중에도 ‘십시일반 음식연대 밥묵차’는 시동을 끄지 않았다. 더 이상 몸을 움직일 수 없을 때까지 밥 연대를 계속했다. 밥을 짓지 못할 지경이면 조용히 집회에 참석해 연대의 인사를 건네고 오는 일도 많았다.

“한번은 노점상 집회할 때, 저기 어떤 여자가 옷으로 칭

깡패도 대통령도 맞짱

칭 싸매고 왔어. 옆에다가 '저 사람 누구냐?' 물었더니, 세상에, 유희라는 거야. 암에 걸렸다는 거야. 이따 가 봐야지 했는데, 나중에 보니까 없어. 사람들한테 물어보니까 먼저 갔대. 그게 마지막…. 그때 유희라는 소리를 듣고 내가 뛰쳐나가야 했는데 그게 참 후회돼. 손 못 잡아 주고 얘기 못 해 준 게….”

조덕휘는 유희가 병원에서 마지막 투병 생활할 때 그녀를 보러 갔다. 다행히 그때는 의식이 있었다. 늘 그랬듯이, 별것 없는 일상 이야기도 나누고 정겨운(?) 욕도 들었다.

“내가 유희 칠순 때 노래 불러 준다고 약속했었어. 외국 노랜데. 그거 기억하냐면서 핸드폰으로 이렇게 틀어 줬어. 그랬더니 나한테 욕을 해가지고(웃음). 그게 마지막 대화였지.”

다음 주에 또 찾아갔지만, 의식이 없었다. 2024년 6월 18일, 유희는 숨을 거뒀다.

그렇게도 좋아하던 노란 프리지어꽃 한 다발 못 안겨 준 것이, 일한다는 핑계로 소고기 한 점, 따끈한 밥 한 그릇 더 못 나눈 것이, 지난날 함께 울고 웃던 소중한 기억들을 더 많이 나누지 못한 것이 못내 아쉽고 후회스럽기만 합니다.(조덕휘)[16]

프리지어의 꽃말 중 하나는 '영원한 우정'이다.

노수희가 유희를 먼발치에서 마지막으로 본 그날, 유희는 이미 한눈에 보기에도 병색이 완연했다. 만약 건강한 시절의 유희를 다시 만난다면 그는 무슨 말을 하고 싶을까.

"지금 밥 연대를 하는 그 정신, 변하지 말고 끝까지 밀고 나가라. 후회하지 말고 자부심을 가지고 해라, 얘기를 하고 싶지. (…) 정말 고맙고, 아마 하늘나라에 가서도 세상일 잊지 않고, 먼저 간 여러 동지 만나서 세상 얘기할 것이다. 호탕하게! 그런 생각이 들어." •

• 빈민운동가이자 통일운동가인 노수희 선생은 2025년 11월 6일, 세상을 떠났다. 향년 83세. 하늘에서 유희 동지와 만나서 못다 나눈 말씀 정답게 나누시길….

                                    깡패도 대통령도 맞짱

부평스타
MC 유희

유덕희와 박원주의 기억

"(인터뷰 섭외) 전화 받은 날부터 지금까지 눈물바람하는 거야. (인터뷰) 할까 말까 많이 생각했고, 밤에도 며칠째 잠을 못 자고…. 정말 믿기지 않는 일을 겪어서 너무 가슴 아프죠. 유희는 내 가슴이에요. 가슴이 뚝 떨어져 나간 것 같아…."

유덕희의 눈물 앞에 고개가 숙여졌다. 죄송한 마음을 뭐로 다 표현할까. 인천 효성동의 오래된 골목길을 지키고 있는 유덕희의 미용실. 내 침묵과 그녀의 흐느낌이 작은 공간을 채웠다.

그녀의 울음소리를 듣는 건 처음이 아니다. 2025년 6월 18일, 경기 남양주시 화도읍 모란공원묘지에서 열린 유희 동지 1주기 추모제. 나는 일찌감치 도착해, 추모제를 준비하는 사람들을 지켜보고 있었다. 약속한 시각이 가까워지자, 묘역 아래에서부터 울음소리가 들려왔다.

"유희야~, 유희야~. 네가 왜 여기 있어야 돼~. 네가 왜 여기 있어~."

추모제 시작부터 끝까지 가장 많이 울던 사람. 유희의 언니, 유덕희였다.

눈물바다 웃음폭탄

유희는 2000년대 초반, 서울을 떠나 인천에 자리 잡았다. 남편을 일찍 여의고 많이 힘들어하던 언니 유덕희의 곁을 지키기 위해서였다. 부평문화의거리에 '연인'이란 작은 카페를 열었다. 그때부터 유덕희와 한 동네에서 딱 붙어 지낸 세월이 20년이 넘었다.

인천으로 오면서 유희는 봉사단 활동을 시작했다. 그녀의 손에는 마이크가 들려 있었다.

"부평역 광장에서 노래하면서 막 이리 뛰고 저리 뛰고! 앞에 모금함을 놓고 공연하는 거예요. 그 기금을 모아서 노인 분들 연탄도 사 드리고 쌀도 사 드리고."

유희는 MC 겸 가수의 1인 2역. 10년이 넘도록 무대를 지키며 부평역 앞을 휘저었다.

"부평역사 상가에 옷을 사러 가면 상인들이 나한테 '유희 씨를 많이 닮았네요?' 할 정도였어. 그 정도로 스타였어. 완전히 '부평스타'였지."

모금을 위한 공연만 하는 게 아니었다. 요양원으로 찾아가는 공연이 훨씬 많았다. 어르신들 앞에서 한바탕 신나게 트로트를 불러 드리고 공연과 함께 목욕 봉사까지 직접 했다.

"(목욕 봉사가) 제일 힘들어요. 보통 일이 아니에요. (봉사를 마치면) 초주검이 돼갖고 오죠. 어르신들 몇십 명씩 들어다가 목욕탕에 앉혀 놓고 다 씻기는 거야. 그래 놓고 깨끗하게 해서 앉으시라 해 놓고 그때서부터 이제 공연을 하는 거야. 아이고, 그렇게 했어요."

처음엔 유희에게 "남들만 그렇게 챙기지 말고 그럴 돈 있으면 네 자식들이나 한 번 더 멕여"라고 말하던 언니 유

"이리 뛰고 저리 뛰고! 부평스타였지." 노래 봉사 중인 유희. 2018년. ⓒ 유희 페이스북.

덕희도 나중에는 유희를 따라 봉사에 나섰다.

미용사의 전문성을 살려 이발 봉사를 하는 건 당연. 유희처럼 노래를 부르기도 하고, 취미로 하고 있던 차밍댄스 공연으로 무대에 서기도 했다. 유덕희는 동생 덕분에 "본의 아니게" 봉사를 많이 하게 됐다고 말했다. 하지만 미용실 한쪽에 붙은 표창장 수여식 사진은 그 말이 겸손의 표현에 불과하다는 걸 알려 주고 있었다.

그리고 유덕희가 "이건 정말 나만 알고 아무도 모를 거"라며 해 준 이야기. 유희는 공연 때 노인들에게 줄 선물을 자비로 준비했다는 것. 공연 전날 선물을 손수 마련해 하나하나 포장까지 했다. 부평역 공연 중에 지나가는 어르신이 보이면 유희는 큰소리로 불러세웠다. "엄마! 엄마! 일로 와! 여기 선물 받아 가셔!"

"요양원 (공연) 갈 때도 똑같아. 선물을 자기 돈으로 다 사갖고 가서 다 돌려. 엄마, 아버지 불러 가면서 선물을 다 주고, ＜부모님 전상서＞(파파금파 작사, 김정욱 작곡) 노래 한 번 해 봐, 다 눈물바다지."

부평스타 유희는 타고난 가수였다. 가수를 꿈꿨던 아버지 피를 물려받아 네 자매가 다 노래를 잘한다. 유희가 태어난 1959년 그 시절, 넉넉지 않은 형편에도 집에 전축이 있었다.

"아버지가 기질이 대단하셨죠. 엄마 아버지가 별표전축으로 음악 틀어 놓고 사교춤 추는 걸 어렸을 때 보고 자랐으니까. (유희의) 그 끼가 어느 날 갑자기 생긴 게 아니에요."

아버지가 딸을 가수로 키우고 싶어 이름을 그렇게 예쁘게 지었다. (…) 유희도 아버지를 닮아 노래를 잘했다. 아버지는 유희가 네다섯 살 때부터 기타 반주를 해 주고 노래를 시켰다.

"목이 메인 이이별가를 부울러야 옳으냐."

이 노래[17]를 꼭 시켰다. 어딜 가서도 그 노래를 불러 지금까지도 다 외우고 있다.[18]

아버지는 뚝섬 한강변 같은 곳에 어린 유희를 데리고 나가서 노래를 시켰다. 사람들 앞에서 "창피한 줄도 모르고" 노래를 부르며 자랐다.

어린 시절 어머니는 유희가 똑똑하니까 외교관을 시키자 하고, 아버지는 노래를 잘하니까 가수를 시켜야 한다고 다투기도 했다. 하지만 학창 시절 유희는 공부에 별 관심이 없었다. 다만 그때도 지기 싫어하는 악바리 근성이 남달랐던 모양. 시험 전날은 밤샘을 했다.

평상시엔 우리 교실도 몰라(웃음). 근데 내일 시험이야. 남한테 지기가 싫으니까 밤새 공부를 해. 그럼 정말 시험을 잘 봐. 고등학교도 중퇴하고 학교도 잘 안 갔어요. 우리 집안이 쫄딱 망해서. 밀가루 수제비도 못 먹을 정도로. (…) 그래서 학창 시절 얘기를 잘 안 해요. 오늘 되게 많이 한 거예요.(유희)[19]

"밀가루 수제비도 못 먹을 정도로" 어렵던 그 시절에도 어머니는 남에게 내주는 걸 마다하지 않았다. 남 굶는 꼴 못 보고, 쌀 갖다주고, 밥해다 주고. 훗날 '십시일반 음식연대 밥묵차'를 이끌고 전국 방방곡곡을 누비며 "춥고 외로운 투쟁을 해 본 사람"들을 찾아다닌 유희의 모습과 겹친다.

소위 꼴통이었다. 불의를 못 참았다. 어릴 때 별명이 만화영화 〈요괴인간〉 벰 베라 베로의 베라였다(TBC 동양방송이 1970년대 방영했던 만화영화. 요괴인간 벰, 베라, 베로는 소외되고 불쌍한 인간들을 지키는 정의 협객이다. 벰은 남성, 베라는 여성, 베로는 소년 캐릭터). 그런 비슷한 별명이 많았다.(유희)[20]

자매들이 유희를 부르는 별명은 "유관순"이었다. 불의를 보면 못 참는 "참 별난 성격" 때문에. 유덕희는 동생 유

희가 "유씨 집안 유관순 열사의 피를 받은 거"라 여길 정도
였다.

학창 시절에도 친구들 앞에 서길 좋아하고 사회 보고 노
래하는 걸 좋아했다. 친구들의 연애편지를 대신 써 줬다. 그
시절을 떠올리면 즐거운 기억도 있지만, 지울 수 없는 아쉬
움도 있다. 집안 형편 때문에 일찍 끝나버린 배움의 길.

> 많이 못 배운 게 한이 맺히지. 그렇다고 그게 지금까지 원망
> 스럽고 그렇지는 않아. 왜냐면 내가 서울대를 안 나왔기 때문에
> 지금 이렇게 어려운 사람들을 더 많이 알지 않았을까. 그러면(
> 서울대를 갔으면) 내가 지금 이 자리에 있었겠나. 그렇게 생각하는
> 거지. (…) 참 감사합니다.(유희)[21]

유희는 열아홉 나이에 "납치당하다시피" 결혼해 두 살 터
울로 아들 셋을 낳았다. 막내가 태어난 그해부터 그 갓난이
를 포대기에 싸서 업고 닭똥집을 팔았다. 나중엔 청계천에서
공구를 팔고 카메라를 팔고, 종로에서 포장마차도 했다.

노점상운동을 시작한 건 1980년대 후반. 이후 전국노점

상연합 최초의 여성 부의장까지 맡으며 신명을 다해 활동했다. 2000년 전후로 노점상을 접으면서 노점상운동은 멈췄다. 구두 만드는 일을 배워서 일본으로 훌쩍 떠나기도 했다. 결국은 언니 유덕희가 사는 인천에 자리를 잡았다.

앞치마를 두른 가왕

"(유희가) 노점상 접었다는 얘기는 내가 들었거든. 어느 날부터 (투쟁 현장에) 안 보여. 그래갖고 '유희는 요새 뭐 하나?' 물어도 다들 모른대. 그런데 나중에 거기서 본 거야. 처음엔 모르고 스쳐 지나갔는데, 누가 날 툭 쳐. 이렇게 보니까 유희가 있더라고."

박원주가 유희를 다시 만난 곳은 2009년 노동법 개악을 막기 위한 집회 현장이었다. 운동판을 떠났다는 소문만 들리던 유희를 인천의 집회 현장에서 다시 만날 줄이야.

두 사람은 유희가 노점상운동을 시작할 때부터 알던 사이다. 박원주는 인천에서 철거민운동을 하고 있었다. 노점상과 철거민은 빈민운동의 틀에서 서로 연대할 때가 많았다. 특히 인천에서 벌어진 이덕인 열사 투쟁 때, 150여 일

동안 영안실을 지키며 함께 투쟁한 것을 계기로 두 사람은 가까워졌다. 그뿐 아니라 서울에 철거민 단체가, 인천에 노점상 단체가 만들어지는 과정에서 두 사람은 서울과 인천을 오가며 서로 도움을 주고받았다.

거의 10년 만에 우연히 만난 두 사람. 반갑게 서로의 안부를 물었다. 그리고 박원주는 뜻밖의 한마디를 들었다. 유희가 "투쟁하는 사람들한테 밥을 해 주고 있다"라는 말이었다.

기타를 만들던 콜트·콜텍에서 정리해고가 일어난 건 2007년. "세계 악기 시장 점유율 30%"를 자랑하던 콜트·콜텍은 대전과 인천에 있던 공장을 차례로 닫고 노동자들을 내쫓았다.

콜트악기 인천공장은 유희가 사는 집에서 10분 거리에 있었다. 처음 유희는 등잔 밑에서 그런 일이 벌어진 줄도 모르고 있었다. 우연히 소식을 듣고 조용히 농성장으로 찾아갔다.

캄캄해져서 농성장에 갔더니 꼴이 말들이 아니다. 그걸 보는 게 너무 괴로웠다. 세상에, 공장에서 쫓겨나 농성하는 사람이 내 머리맡에서 이러고 있는데 까맣게 몰랐다니. 바로 옆을 못 봤구나. 가슴을 쳤다. 그날 이후 거의 매일 밥해다 줬다.(유희)[22]

콜트·콜텍 해고자 임재춘은 천막 농성을 하며 《오마이뉴스》에 〈농성 일기〉를 연재한 적이 있다. 2013년부터 약 1년 반 동안 연재된 그의 글에 유희가 등장한다.

밥은 건강입니다. 주방은 어머니의 마음입니다. 농성을 하더라도 1일 3끼는 챙겨 먹자는 게 제 생각입니다. 현재는 천막 농성장에 수도 시설이 없어 음식을 하지 못합니다. 저 대신 음식을 해 주신 유희 선배님께는 늘 감사를 드립니다.[23]

유희는 콜트·콜텍 노동자들의 농성장으로 아침저녁 밥을 배달했다. 그냥 먹기만 하면 되도록 그릇까지 가져다주고, 빈 그릇은 다시 가져왔다. 본사 앞에서 집회할 때도, 시민들과 함께하는 문화제를 할 때도 유희는 음식을 싸 들고 찾아갔다.

임재춘이 〈농성 일기〉를 연재하던 시절, 《오마이뉴스》 쪽 담당 기자가 바로 나였다. 11년 전, 내 손길을 거친 기사에 그녀의 이름이 있었다니. 몰랐다. 반가운 마음 반, 송구한 마음 반이다.

(농성장에) 가면 매일 컵라면을 먹어. 가슴이 막 찢어질라 그래. 겨울에 그게 금방 익기나 해? 김치도 없이 컵라면만. 그래서 그런 농성장이 어딘가, 컵라면 먹을 뜨거운 물도 못 끓이는 농성장이 어딘가, 이런 걸 찾아봐서 내가 많이 갔죠. 그게 콜트·콜텍이었고.(유희)[24]

유희는 콜트·콜텍 해고 노동자들처럼 "컵라면 물 끓일 형편도 안 되는" 노동자들을 찾아다녔다. 카페 운영에 봉사단 활동만으로도 눈코 뜰 새 없이 바빴지만, "내 자식들 먹는 것만큼 너무 이쁘고 너무 고마운" 마음에 농성장 밥 연대를 이어 갔다. 자신이 지은 밥을 "정말 감사하게 먹는 그 마음이 눈에 보여서" 연대를 멈출 수가 없었다.

'반찬 딱 세 가지만 해야지'라고 마음먹고 요리를 시작했

콜트악기 인천공장 안 농성장 식당에 쓰인 구호. 공장 안 농성장은 2013년 2월 철거당해 노동자들은 공장 앞에 천막을 치고 농성을 이어 나갔다. ⓒ 최규화.

다가 요거 하나만 더, 요거 하나만 더, 하다가 반찬이 일곱 가지가 된 적도 있었다. 젊은이가 많은 현장에 갈 때는 햄이나 소시지 반찬을 챙기고, 나이 든 사람이 많은 현장에는 국밥 같은 음식을 준비했다.

'이번에는 누구에게 어떤 음식을 대접할까' 생각하는 것 자체가 좋았다. 아들은 그런 유희에게 시샘인지 칭찬인지 걱정인지 모를 말을 했다.

"엄마는 음식 할 때만 눈에서 빛이 나. 그래 놓고 음식 다 하고 나면 '아파 죽겠다고 병원에 물리치료 받으러 간다' 그럴 거면서."

내가 늘 하고 싶은 건 멕이는 거. (내 음식이) 그 입에 들어가는 걸 보고 싶은 거지. (농성 현장에) 그냥 가서 앉아 있으면 미안해요. 뭐라도 가져왔어야 되는데 싶어서. 음식 하는 사람들은 알 거예요. 해 먹이는 것의 즐거움을.(유희)[25]

유덕희가 사는 동네 사람들도 유희의 밥을 안 먹어 본 사람이 없다. 유희는 음식을 모자라게 하는 법이 없었다. 집회 현장이나 농성장에 밥 연대를 하고 음식이 남으면 유덕희의 미용실로 가지고 왔다. 한 사람씩 먹을 수 있게 담고 이웃들에게 나누는 일은 유덕희의 몫이었다.

유희를 어떻게 말려!

시간이 지나면서 유희의 밥 연대는 규모도 활동 폭도 커졌다. 아들이 타다가 엄마에게 선물한 에쿠스(유희가 붙여 준 애

칭은 '에구순이') 차량에 밥을 싣고 다녔다. '십시일반 음식연대 밥묵자'라는 이름이 생겼다. 나중에 시민 모금을 통해 밥차를 마련한 뒤에는 '밥묵차'로 이름이 바뀌었다.

많게는 몇백 명이 먹을 밥을 지을 때가 있었다. 유덕희도 여러 번 손을 거들어야 했다.

"유희 밥이 진짜 맛있는 밥이거든. 엄청 맛있어요. 내가 '이렇게 많은 밥을 너같이 맛있게 하는 사람은 처음 봤다' 그랬어요. 밥을 푸다가 맛있어서 이렇게 막 주워 먹어요."

처음엔 "독고다이"로 시작한 밥 연대. 시간이 지나고 소문(?)이 나면서 한두 명씩 조력자들이 생겨났다. 식재료를 마련하는 것, 밥을 짓는 것, 음식을 옮기는 것, 현장에서 음식을 나누는 것, 단계별로 여러 사람들의 손을 빌려 밥 연대를 이어 나갔다.

"유희는 맨날 '나를 따르라'잖아요. 그 카리스마하고 고집을 다 알죠. 밥차 도와주는 사람들도 유희를 굉장히 많이 따르고 고생 많이 했어요. 말도 없이 따라 준 게 고마웠죠."

박원주 역시 유희의 밥 연대를 조용히 돕던 사람 중 하나였다. 그렇게 된 데는 특별한 계기가 있다. 두 사람이 집회 현장에서 우연히 다시 만난 뒤 유희는 박원주의 어머니가 요양병원에 계신다는 소식을 알게 됐다. 유희는 봉사단을 데리고 공연을 가겠다고 약속했다.

공연 날, 박원주의 눈이 휘둥그레졌다. 유희는 짧은 치마에 무릎까지 오는 부츠, 반짝이 무대의상을 입고 늘 그랬듯이 무대를 '뒤집어 놓았다.' 그날 이후 박원주는 유희의 든든한 후원자가 됐다. 아예 음향 담당을 맡아 유희의 봉사단과 함께 공연을 다니기도 했다.

인천에서 수십 년간 활동해 온 박원주는 모르는 사람 빼고는 다 아는(?) 마당발 중의 마당발이었다. 시장에서 장사하는 사람, 유통업 하는 사람, 수출입 하는 사람, 농사짓는 사람, 아는 사람들을 총동원해 식재료며 식기 같은 것들을 공수했다.

물론 모두 공짜였다. 유희가 하는 밥 연대의 의미를 알리면, 고개를 끄덕이며 좋은 일에 써 달라고 말하는 사람이 많았다. 박원주를 아는 지역 시민사회 활동가들의 네트워크를 통해 식재료를 기부받아 유희에게 전하는 경우는 흔했다.

박원주에겐 트럭이 있어서 식재료를 실어 나르는 데 딱 이었다. 유희의 밥 연대가 출동할 때 박원주가 운전대를 잡는 경우가 많았다. 그런 날은 현장 배식까지 직접 도왔다.

'적당히'란 말을 모르는 유희의 고집 탓에 둘이 다투기도 많이 했다. 밥 연대를 거듭하면서, 나중에는 현장에서 먼저 부탁하는 때가 많이 생겼다. 유희는 그런 부탁을 거절하는 법이 없었다. 음식 준비를 돕는 사람들과 같이 밤을 새우며 밥을 짓는 것이 다반사였다.

박원주가 유희에게 잔소리를 많이 한 건 그냥 일거리가 많아져서 그런 게 아니었다. 한 사람이라도 더 밥을 먹이고 한 곳이라도 더 찾아가겠다고 유희가 고집을 부리는 동안, 유희의 건강이 눈에 띄게 나빠졌다. 그녀의 곁에 있는 사람들이 모두 느낄 정도였다.

"둘이 얼마나 싸웠다고요. 니 몸을 봐라, 지금 니 몸 말라 가는 걸 보라고…. 처음엔 (유희가) 너무 힘들어서 말라 간다는 생각만 했지, 병이 있어서 마르는 걸 몰랐어."(유덕희)

다른 사람 밥을 챙기느라 전국 팔도를 다 다니면서 정작 자신은 밥을 잘 먹지 않았다. 밖에서 뭐라 불리든 언니에겐 그저 소중한 동생일 뿐이었다. 동생의 건강보다 더 중요한 건 없었다. 건강검진이라도 좀 받으라 말해도 잔소리로 여길 뿐이니, 유덕희는 답답할 따름이었다.

"너 자신을 학대해 가면서 그렇게까지 해야 할 일이야?"

"내가 좋아서 하는 일인데 언니는 왜 그런 말을 해!"

보다 못한 박원주가 유희를 강제 입원(?) 시킨 적이 있었다. 속이 아프고 소화가 잘 안된다는 말을 들은 데다 나날이 말라 가는 게 박원주의 눈에도 보였기 때문이다. 마당발의 능력을 발휘해서 병원을 알아보고 검진을 예약했다. 닷새가량 입원해서 검사를 받았다.

아덜(아들)들, 그러니 밥 나가는 거, 그만해! 잔소리. 난 이게 낙이고 희망이고 삶이여, 알았지? 병원 알아보고 꼬장(?) 펴서 입원검사 신경써주신 박원주 인천빈민연합 의장님, 수고하셨어요. 고맙구요~^^(유희)[26]

유희는 건강에 문제가 없다고 주변에 알렸다. 하지만 살이 14킬로그램이나 빠졌으니, 사람들은 걱정을 완전히 거

두지 못했다. 그리고 다섯 달 뒤인 2022년 11월, 새로운 진단이 나왔다. 췌장암이었다.

"죽을 때까지도 그렇게(밥 연대) 하다가 죽는 게 자기 소원이라고 그랬어요. 죽을 때까지 봉사하고 죽으면 얼마나 좋을까 생각했다는 거야."(유덕희)

그 말 그대로였다. 투병 생활을 시작하고 나서도 밥 연대를 이어 갔다. 몸을 뜻대로 움직이지 못할 정도로 힘들 때는 주변 사람들의 도움으로 밥을 지었다. 유덕희도 그중 하나였다.

"언니, 내일 새벽 4시쯤 우리 집에 와 줄 수 있어?"

"새벽에 왜?"

"밥을 해야 해."

"…알았어. 갈게."

언니 유덕희는 속이 녹아내리는 기분이었다. 목구멍까지 차오르는 말들.

'니 목숨이 너 혼자만의 목숨이야? 너만 가면 그만이야? 자식들 생각은 안 해? 니가 그렇게 아픈데, 니가 해 준 밥을 먹는 사람들은 마음이 편할까? 마음이 편하겠냐고!'

음식을 하고 나면 유희가 기다시피 방에서 나와 간을 봤다. 유덕희의 가슴속에는 두 가지 마음이 시소를 탔다. 암 진단을 받고도 밥 연대를 멈추지 않는 동생을 무조건 뜯어말리고 싶다가도 '그래도 니가 힘들 때는 언니를 부르는구나' 하는 생각이 들면 고마웠다.

유희의 고집을 모를 리 없는 언니였다. 30년 전에도 그랬다. 1995년 겨울. 인천 아암도에서 의문의 주검으로 발견된 장애인 노점상 이덕인 열사의 억울함을 풀자는 투쟁이 벌어졌다. 시신이 안치된 길병원 영안실. 사람들은 그곳을 지키며 이듬해 봄까지 싸웠다.

유희가 전국노점상연합 부의장을 맡고 있던 시절. 그녀 역시 함께 싸웠다. 그리고 그곳에서 밥을 지어 사람들을 먹였다. 집에는 이제 중고등학생이 된 세 아들이 있었다.

"가서 보니까 시커먼 사람들하고 농성하고 있는 거야. 아니 어떻게 애들 셋을 놔두고 그 시체들 있는 틈에서 노숙하고 있냐고. 지 형부(유덕희 남편)랑 쫓아가서 간신히 끌고 왔어요. 우리 집 안방에 넣고 문을 잠갔지. 지 형부가 출근하면서 '처제 절대 못 나가게 지키고 있어!' 그랬는데, 아이고

부평스타 MC 유희

장애 부모들의 삭발 투쟁에 연대한 언니 유덕희. 2022년 4월. ⓒ 유희 페이스북.

나중에 보니까 창문으로 도망갔어요. 그걸 어떻게 막아.”

동생을 뜯어말리기 위해 감금(?)까지 불사한 적 있지만, 또 나중에는 동생을 따라 집회에서 “손도 많이 올렸던” 사람이 바로 유덕희다. 옷을 사러 가자고 둘이 함께 부평역에 나갔다가, 집회하는 게 보이면 유희는 바로 현장으로 뛰어갔다. 그럼 언니 유덕희도 함께 뒤에 서서 “손 올리는 걸” 많이 했다. 손을 올리며 구호를 외쳤다는 뜻이다.

수상한(?) 여행도 많이 갔다. 유희가 정한 목적지는 강원도 어디쯤. 웬일인가 해서 자매들이 따라가 보면, 아니나 다를까 골프장 건설 반대 투쟁이 열리는 곳이었다. 유희가 연대 공연하고 집회에 참석하는 동안 유덕희와 자매들은 "손 올리는 걸" 하며 함께했다.

네 자매가 인천 유덕희의 집에 모이면 가까운 월미도 유원지에 함께 놀러 갈 때가 종종 있었다. 그럴 때마다 자매들은 신기한 장면을 목격했다.

"거기 노점상 하는 사람들요, 유희 모르는 사람이 없어요. 다들 뭐라도 드시고 가라고 팔뚝을 잡아끌고. 유희 부의장 덕분에 우리가 장사할 수 있게 됐다고. 같이 있다가 나도 디스코팡팡인가 바이킹인가 하는 것도 공짜로 타고 왔어요(웃음). (유희보고) 야, 너 유명 인사다, 그러지."

그렇게 다니는 곳마다 사람들은 유희를 반기고 고마워했다. 그 모습을 보며 유덕희는 동생이 하는 일이 어떤 의미인지, 동생의 마음을 조금씩 이해하게 됐는지 모른다.

네 자매 중 유희를 제외한 셋은 모두 미용사다. 2022년 장애 부모들이 삭발 투쟁할 때 유희의 자매들은 그들의 머리를 깎으며 연대했다. 자매들은 투쟁 현장에서 유희를 대신해 노래로 연대 공연을 하기도 했다. 시시때때로 유희의 밥 연대에 함께했음은 당연하고.

"우리 같은 사람들이 생각할 땐 그래요. 왜 시끄럽게 데모를 할까? 그런데 사람이 다 '예'만 할 수 없잖아. 그건 독재지. '아니오' 하는 사람이 있기 때문에 정의롭게 사는 거 아니에요? 그러니까 유희 같은 사람이 있는 거야. 그건 조금은 이해가 돼. 조금은."

힘없는 자들과 함께 싸우고, 가난한 자들의 밥을 짓고, 외로운 이들의 곁을 지켜 온 한평생. 그 모든 게 유희의 진심에서 우러난 일이란 걸 의심하지 않는다. 하지만 유덕희는 지금도 묻고 싶다. 그 일들이 정말, 자기 목숨과 바꿔야만 하는 일이었느냐고.

헛되지 않았구나, 내 동생

2024년 6월 18일. 유희는 세상을 떠났다. 수많은 사람이 장례식장을 찾았다. "춥고 외로운 투쟁"을 하며 유희에게 따뜻한 밥 한 끼 얻어먹은 사람이 많았다. 그렇게 유희에게 크고 작은 빚을 졌다고 생각하는 사람들이 모여 함께 울었다. 그리고 또 한 끼의 밥을 함께 먹었다.

유덕희는 화가 났다. 안타까움과 애통함, 허탈함과 원망스러움이 뒤섞인 마음이었다고 할까.

"이게 다 무슨 소용인가. 이 사람들이 유희 니 목숨과 바꿀 정도로 그렇게 좋았냐. 나는 아무리 많은 사람들이 찾아온다 해도 내 동생하고 바꿀 만큼 거룩하지도 좋지도 않죠."

하지만 끝없이 이어지는 조문 행렬을 보며 '내 동생 잘 살았구나' 하는 마음이 들었다.

"그래도 헛되지 않았구나. 정말 헛되지 않았구나. 그만큼 사느라고 애썼다. 고생했다. 대단했다. 내 동생…. 그 소리만 계속하게 되더라고. 사람이 먹을 때만 좋고 받을 때만 좋은 거잖아. 그런데 내가 볼 때 이 사람들은 진심이더라고. 유희가 하듯이, 다 진심이더라고."

장례식이 끝나고 한 달쯤 지났을까. 유덕희는 전화 한 통을 받았다. 한국지엠 비정규직 노동자들이었다. 옛 대우자동차, 한국지엠 공장이 인천에 있었다. 그들이 "지긋지긋하게" 오래 투쟁했다는 걸 유덕희는 알고 있었다. 유희의 손에 이끌려 농성 천막에 가 봤으니까.

대법원에서 불법 파견을 인정하는 판결을 내린 직후였다. 판결까지 무려 10년이 걸렸다. 그동안 유희가 한 밥을 먹은 게 너무나 고마워서 어떻게든 인사를 하고 싶었다고 했다. 그런데 유희가 세상을 떠났다는 소식을 듣고 물어물어 유덕희에게 연락한 거였다.

"'유희 동지 밥을 먹으면 이긴다는 전설이 있어요. 그래서 우리도 이겼어요' 그러더라고요. 애(유희)가 그 소식을 들었으면 얼마나 좋아했겠느냐고. 그 사람들이 또 유희를 찾아 줬잖아. 그런 마음이 진심이잖아."

그럴 때마다 유덕희는 마음속으로 유희를 떠올리며 되뇌었다.

"그래, 헛되지 않았다. 너는 그것만 남겨라. 그것만 남겨라."

유덕희의 미용실 입구에는 유희 장례식 때 발간된 추모 자료집이 소중히 꽂혀 있다. 자료집을 집어 들며 내가 물었다.

"늘 저기 두시는 거예요?"

"그럼요. 늘 두고 있죠. 아주 자랑스럽게. (표지의 유희 얼

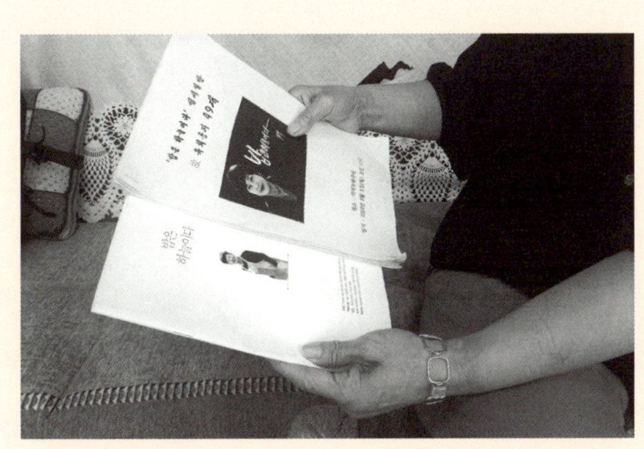

"어디 가서 이런 인물 봤어요?" 유희 장례자료집을 손에 든 유덕희. ⓒ 셜록.

굴을 쓰다듬으며) 어디 가서 이런 인물 봤어요? 이런 인물."

때로는 남편 같고, 때로는 자식 같고, 때로는 친구 같은. 유덕희에게 유희는 동생 이상의 존재였다. "정말 정말 아깝고 제일 자랑스러운" 인생의 버팀목이었다.

"부평역을 가려면 유희가 어른거려서…. 부평문화의거리를 지나가도 '아, 저기 유희가 맨날 노래하던 자리다' 생각을 하지. 나는 여전히 여기 살고 있는데, 유희는 가고 없잖아(눈물). 퇴근하고 집에 가다가 라디오에서 유희가 좋아

                                           부평스타 MC 유희

했던 노래가 나오면, 가는 동안 또 울면서 가요. 늘 발길에 채이고, 눈길에 밟히고…. 세월이 가면 잊혀지겠지. 아니 조금은 흐려지겠지.”

인터뷰를 마치고 미용실을 나서려는데 유덕희가 내 팔을 잡는다.

“아니, 이 날씨에 어떻게 돌아다닐라 그래.”

8월 초였다. 유덕희가 잠깐 두리번거리더니 손풍기 하나를 집어 건넨다. 몇 번 사양했지만, 소용이 없다. 이거라도 가져가라고 기어이 손에 쥐여 준다. 그리고 마지막 한마디.

“그래도 고마워요. 스치고 지나가도 그만일 이야기를 기억해 주고, 또 사람들이 알게끔 하겠다 하시니까…. 지금 마음은 그냥 (유희) 산소에 가서 한바탕 울고 싶은 마음이네요.”

눈이 마주쳤다. 그녀의 눈에 또 눈물이 찬다. 내 표정이 어땠는지는 모르겠다. 그녀가 두 팔을 벌렸다. 짧은 포옹. 나지막이 퍼지는 울음소리에서 밥 짓는 냄새가 나는 것도 같았다.

수상한 차와
고상한 밥

눈앞으로 북한강이 흘렀다. 경기도 남양주시 조안면의 한 찻집. 두 여인의 발길이 자주 향하던 곳이다. 탁자엔 역시나 두 여인이 좋아하던 대추차가 놓였다. 강가에는 두 사람이 때때로 걸음을 맞춰 걷곤 했던 산책로도 그대로였다. 달라진 것이 있다면 지금 내 앞에는 한 여인만 앉아 있다는 것. 우리는 두 여인의 추억이 켜켜이 쌓여 있는 공간에 앉아 지금은 만날 수 없는 한 여인에 대해 이야기했다. 그녀의 이름은 '십시일반 음식연대 밥묵차'를 이끌며 춥고 배고픈 노동자들의 곁을 지킨 유희. 또 한 여인은 10년이 넘는 세월 동안 묵묵히 그녀의 곁을 지킨 성미선이다.

세월호 참사가 일어난 2014년. 그해 마지막 날 밤에 두 여인은 처음 만났다. 세월호 유가족들과 함께 새해를 맞이할 광화문광장. 성미선은 페이스북에서 어묵 나눔 함께할 사람을 찾는다는 글을 보고 광장으로 향했다. 글을 올린 사람은 유희였다.

"자식을 잃고 거리에 나와 투쟁하는 부모들 앞에 선 거잖아요. 어떻게 대해야 하나 조심스럽고, 좀 어려워하고 있었어요. 근데 (유희) 언니는 막 밝게 부모님들한테 인사하고 '따뜻한 국물 드세요! 맛있게 드세요!' 하시는 거예요. 씩씩하고 쩌렁쩌렁한 목소리로(웃음).''

그 모습이 성미선의 뇌리에 깊이 박혔다. 깊은 밤 헤어져 집으로 돌아오는데 더 궁금해졌다. 이 사람은 도대체 뭐 하는 사람일까?

그분의 페이스북 타임라인을 찬찬히 들여다보았다. 그곳에는 30년간 거리에서 힘들게 버티고 있는 사람들과 음식을 나눈

밥묵차에서 성미선(왼쪽)과 유희. 2022년 1월. ⓒ 유희 페이스북.

이야기가 있었고, 그들의 사연들이 차곡차곡 쌓여 있었다. (…)
쌍용자동차 해직 노동자들의 대한문 농성장, 장애로 늘 거리에
서 자신들의 권리를 위해 싸우고 있는 전국장애인차별철폐연
대의 거리 투쟁 현장과 광화문 농성장, 거리의 노숙인을 위한
자원봉사 현장, 지역 독거 어르신을 위한 밥 나눔 등 말로 다 전
하지도 못할 수많은 이야기들을 읽어 내려갔다.(성미선)[27]

                    수상한 차와 고상한 밥

사람을 살리고 지구를 구하는 일, 건강하고 평등한 밥을 짓고 나누는 일은 성미선의 활동을 관통하는 주제였다. 그래서 더 잘 알았다. 그게 얼마나 어려운 일인지.

"저도 밥과 연결된 일들에 시간과 열정을 쏟던 사람인데, 저 같은 사람을 또 만난 게 신기했어요. 유희 언니는 자기 혼자 그 일을 쭉 해냈잖아요. 어떻게 이런 사람이 있을 수 있지? 밥 먹이는 일을 진심으로 좋아하고 신나 하는 사람이라는 걸 알게 됐죠."

그 뒤로 유희가 페이스북에 밥 나눔 공지를 올리면 시간 날 때마다 현장으로 달려가 배식을 도왔다. 나중에는 음식 준비까지 함께했고, 어느새 밥묵차의 든든한 멤버가 됐다.

밥차 모금을 반대한 이유

성미선을 처음 만난 시절, 유희는 주점을 운영하고 있었다. 인천에 처음 자리 잡으며 차린 카페는 8년 만에 접었다. 그 뒤에 2년쯤 노래방을 운영하다가 2013년에 주점 문을 열었다.

유희는 집회 현장을 다니고 밥 연대를 하면서도 장사를 했다.
(…) 노래도 하고 주방 일도 겸했다. 카페에서 새벽 세 시에 퇴근
하고 두세 시간 잔 뒤 아침에 몇백 명분 밥을 해서 연대를 나갔
다. 잠이 모자라 버틸 수가 없었다.[28]

노래방 시절에도 유희의 생활은 다를 바 없었다. 노래방
룸에서 밥을 짓고 또 다른 룸에서 자면서 밥 연대를 계속했
다. 주점 운영인들 뭐가 달랐겠나.

밥 나누러 돌아다니느라 일주일에 두 번이나 문을 열까
말까. 300만 원이나 되는 월세를 내기도 벅찼다. 결국 2년
만에 권리금조차 못 받고 접었다. 주점이라기보다 나눔을
위해 밥을 짓는 부엌, 동지들이 와서 먹고 쉬는 쉼터에 가
까웠다. 주점 이름은 '주마등'이었다.

"(유희 언니는) 주마등 시절, 동지들이 편하게 와서 쉴 수
있는 공간이어서 좋았다는 얘기를 많이 하셨어요. 사람들
을 좋아했고, 사람들에게 뭔가 해 주는 것 자체를 좋아하셨
어요."

아무리 좋아서 하는 일이라지만, 유희의 밥 연대는 상상

수상한 차와 고상한 밥

이상이었다. 하룻밤에 1,000인분 주먹밥을 하는 날까지 있었다. 대형 급식소라면 찐 밥으로 한꺼번에 많은 밥을 할 수 있다. 하지만 유희는 50인분 밥솥으로 스무 번, 밤새 한 숨 안 자고 1,000인분 밥을 했다.

한 현장에 이틀 연속 250인분 밥을 해 간 적도 있다. 첫날 해 간 밥이 약간 모자라서 몇 명이 못 먹었다. 유희는 "나 내일 또 올게" 한마디를 하고 집으로 돌아오는 길에 바로 장을 봤다. 밤새 250인분 밥과 반찬을 더 넉넉히 해서 다음 날 그 현장을 또 찾아갔다.

재개발지구 빌라에 살던 시절에 주방 하수도가 고장 나 300명분 음식 재료를 주방에서 욕실로, 욕실에서 주방으로 들고 나르면서 밥을 한 적도 있었다. 그렇게 고생해서 지은 밥을 현장에서 나눌 때는 그저 "맛있게 드세요!" 웃으며 외칠 뿐이었다.

휴가 나온 아들 찬 하나라도 더 해 먹이고 싶어서 안달이 난 엄마처럼, 언니는 매일 다른 반찬에 다른 국에 심지어 김치까지 고루 돌아가며 준비를 하셨다. "나는 밤에라도 집에 오지, 이

추운 날 거리에서 한뎃잠을 자면서 있는 동지들을 생각하면 잠이 안 와”라는 말을 시작으로 설거지를 마치면, 다음 날 아침 준비가 끝나야 잠자리에 드신다.(성미선)[29]

체력도 시간도 문제지만, 큰 문제가 또 있었다. 바로 돈. 유희는 2014년에야 ‘십시일반 음식연대’ 후원 계좌를 만들었다. 코오롱 노동자들의 투쟁이 한창이던 때. 너무 밥을 해 가고 싶었는데 돈 나올 구멍이 없었다. 그때 처음 계좌를 개설하고 페이스북으로 후원을 호소했다.

2,000원, 1만 원, 2만 원, 시민들의 크고 작은 정성이 모여 금세 200만 원 넘는 돈이 모였다. 그 돈으로 밤새 밥을 지어서 현장으로 달려갔다. 연대의 힘이 만든 작은 기적이었다.

하지만 기적이 매일 일어나진 않았다. 후원금에 의지하는 건 유희가 원하는 방식이 아니었다. 밥 연대가 출동하는 현장 중에 적은 돈이나마 유희에게 얼마씩 건네는 곳이 있었다. 집회를 주최하는 단체의 형편이 괜찮은 경우라면. 하지만 대부분 재료비에도 미칠까 말까 한 액수였다. 그래서 유희는 “내 힘으로 할 수 있는 만큼만 한다”라는 생각이 확

    수상한 차와 고상한 밥

고했다.

그렇게 돈이 생기면 어김없이 쌀을 사고 장을 봐서 밥 연대를 다녔다. 여러 시민사회 단체에 후원금을 보냈다. 자기 옷은 늘 5,000원짜리만 사 입으면서도 그런 돈은 아낄 줄 몰랐다.

장성한 아들들은 유희의 가장 큰 후원자였다. 세 아들은 유희에게 매달 150만 원을 용돈으로 드렸다. 노점상으로 시작해 온갖 장사를 거치며 힘들게 살아온 어머니가 이제 좀 편하게 지내시길 바라는 마음. 하지만 그 돈은 밥 연대에 거의 다 쓰였다. 알지만 말릴 수가 있나.

밥차를 마련하기 전에 밥을 싣고 다니던 에쿠스 승용차도 아들이 타다가 어머니에게 선물한 거였다. 농성장이나 집회 현장에 새까만 고급 세단이 나타나면 늘 이목을 끌었다.

시커먼 에쿠스가 들어서면 경찰들도 홍해가 갈라지듯 쫘악 길을 비켜 준다. '이건 뭐지?' 하고 쳐다보면 강남의 복부인 같은 포스로 유희가 문을 열고 나온다. 그리고 당당히 "밥 왔어" 한다. "밥은 먹어야 할 거 아냐." 에쿠스 뒷좌석과 트렁크에서 주먹밥이 나오는 광경은 웃기면서도 숭고하다.[31]

처음엔 유희 혼자 시작한 밥 연대. 점점 규모와 횟수가 늘어나면서 페이스북에 일정을 올리고 도움을 구하기도 했다. 누구든 그날그날 시간 되는 대로 요리나 배식을 거드는 방식.

일이백 명분은 나 혼자 음식을 해요. 근데 천 단위가 되면 페이스북에 '도와줄 사람 구합니다' 올려. 그럼 정말 거짓말같이 몇 사람이라도 (거들어 주러) 와요. 순간순간이 감동이지. 나한테 참 소중한 사람들이 있어.(유희)[32]

　　　　　　　　　　　　　　　수상한 차와 고상한 밥

해가 갈수록 고정적으로 일손을 보태는 사람들이 하나둘 늘었고, 자연스레 '멤버'라 불리는 이들이 생겼다.

2016년 멤버들 사이에서 밥차 이야기가 나왔다. 에쿠스가 아무리 폼이 난다 해도 밥을 싣고 다니기엔 불편한 점이 많았다. 특히 여름엔 음식이 상할까 봐, 겨울엔 음식이 식을까 봐 늘 조바심을 내야 했다. 조리 시설을 갖춘 밥차가 있으면 그런 걱정을 덜 수 있었다. 멤버들은 모금을 통해 밥차를 마련할 계획을 세웠다. 그런데 오히려 유희가 반대했다.

"그동안 (유희 언니가) 밥 나눔을 한 분들이 다 어렵고 힘든 사람들이잖아요. 그 사람들이 밥을 먹으면서 늘 미안해했거든요. 그런데 밥차 마련 모금을 하면 혹시라도 그 사람들한테 '나도 돈을 내야 하나' 이런 부담을 줄까 봐, 절대 안 한다고 했어요."

그리고 또 하나. 밥차는 몇백만 원으로 해결될 일이 아니었다. 그 큰돈을 모으고 쓰려면 그만큼의 체계와 형식을 갖춰야 했다. 조직의 성격이 강해지고 절차와 책임 같은 것이 강조되면 이전처럼 가볍게 움직일 수 없을 거라고 유희는 걱정했다.

　　내가 추구하는 게 '독고다이'예요. 일일이 회의 거치고 재정 맞추고 여기 갈래 말래, 머리 쓰는 게 너무 싫은 거야. 그냥 빚을 내서라도 내가 하면 하고 아니면 아닌 거지. '내일 밥 연대 가능해요?' 연락 오면, 바로 '예예!' 하는 거야. 회의 거치고 뭐, 아이고, 그럼 아무것도 못 해. 독고다이가 이래서 좋다는 거지.(유희)[33]

밥묵차 멤버인 박은경 역시 유희의 독고다이 성격을 누구보다 잘 알았다.

"(밥 연대) 다니는 곳이 너무 많아서 (멤버들 사이에서) 미리 논의 좀 하자는 말도 나왔어요. 그럼 (유희 언니가) '알겠어, 알겠어' 그래 놓고, 어느 날 보면 (혼자) 저기 (연대 현장에) 가 있고, 또 어느 날 보면 저기 가 있어요. 저희(멤버들)가 서운하다고, '왜 말도 안 하고 혼자 가냐' 얘기하면 '니네가 (못 가게) 말릴 거잖아' 이런 식이에요(웃음)."

유희의 고집을 꺾는 데 여섯 달이 걸렸다. 2016년 9월에

　　　　　　　　　　　　　　　수상한 차와 고상한 밥

시민들의 십시일반 정성 덕분에 드디어 밥차를 장만했다. 2017년 '밥묵차' 모습. ⓒ 유희 페이스북.

1차, 2017년 2월에 2차 모금을 진행했다.

멤버들의 헌신적인 노력과 수많은 시민의 도움으로 목표액에 거의 도달했다. 그런데 문제가 생겼다. 실제로 밥차를 마련하는 데 예상보다 더 많은 돈이 필요했다. 수백만 원이 추가로 들어가야 하는 상황. 유희와 멤버들은 고민에 빠졌다.

그때 생각하지도 못한 큰 도움을 준 사람이 있었다. 바로 배우 김의성. 그는 자신의 SNS를 통해 모금을 독려한 데다 추가로 필요한 돈까지 선뜻 내놓았다. 700만 원이나 되는 큰돈이었다.

"이런 이야기를 하는 이유는 제가 뭘 자랑하고 싶어서 하는 건 아니고, 사람들이 (밥묵차를) 좀 많이 아는 게 좋은 거 같아서⋯."(김의성)[34]

드디어 밥차가 마련됐다. '십시일반 음식연대 밥묵자'라는 이름이 '십시일반 음식연대 밥묵차'로 바뀌었다. 2017년 3월, 서울 광화문 세종로공원에서 밥묵차 '개솥식'을 열었다.

'유희 밥을 먹으면 이긴다'라는 전설

밥차가 생기면서 유희의 밥 연대는 날개를 달았다. 못 가는 곳, 안 가는 곳 없이 전국을 누볐다. "춥고 외로운 투쟁을 해 본 사람치고 유희 동지의 밥을 안 먹어 본 사람이 있을까요" 라는 말이 나올 정도로. 언제 어디로 몇 번이나 다녔는지 셈하는 게 무의미할 만큼.

유희는 늘 "밥은 하늘이다"라는 말을 입에 달고 다녔다. 그리고 밥 연대의 현장에서 만나는 사람들 역시 하늘처럼

 수상한 차와 고상한 밥

대했다. 그가 엄격하게 지킨 원칙은 존중과 환대였다고 성미선은 말했다.

"(유희) 언니가 가장 중요하게 생각했던 게 '우리가 누구한테 밥을 베풀러 온 게 아니다'라는 거였어요. 배식할 때도 항상 정중하게 대우하고 밝게 웃으면서 큰소리로 환대하는 걸 되게 강조했어요. 근데 누가 그걸 제대로 안 하잖아요? 그럼 바로 하지 말라고, 그냥 집에 가라고 해버려요. 원칙에서 벗어나면 딱 잘라서 말할 줄 아는 강단 있는 사람이었죠."

(배식하는 사람이) 인상 쓰고 그러면, 바로 "가!" 해버리지. (연대 일정) 공지할 때도 늘 그래. 기분 나쁘면 오지 마시오, 힘들면 억지로 오지 마시오. 목욕 봉사할 때도, 인상 쓰고 그래가지고 하면 노인들 때도 안 밀려. (유희)[35]

병원에서 진통제를 맞을 정도로 아파도 남들한텐 말을 안 했다. 밥 먹는 사람들이 혹시나 그런 얘기를 듣고 '아이구, 저렇게 아픈데 밥을 해 왔구나' 하고 부담스러워할까 봐.

음식을 하다 보면 유희가 "아이구, 이 반찬 우리 아들도 참 좋아하는데"라고 말할 때가 있었다. 유희의 마음 한구석에 자리 잡은 미안함이 툭 튀어나온 것. 아들들이 어릴 때부터 노점상 하느라, 또 빈민운동하느라 곁에 오래 있어 주지 못했기 때문이다.

그 마음을 아는 성미선이 옆에서 "그럼 한 그릇 덜어 두세요"라고 말한다. 하지만 유희는 절대 그런 법이 없다. 혹시 밥 연대 현장에서 음식이 모자라면 어떡하냐는 것. 사실 음식이 모자라는 경우는 거의 없지만, 유희는 연대가 먼저라는 원칙 앞에서 자신부터 엄격했다.

간혹 밥 연대를 돕겠다고 하고 약속을 안 지키는 사람들이 있었다. 그럴 땐 어김없이 유희의 호통을 들어야 했다. 밥 연대 현장에 폐를 끼치면 안 된다는 것이 유희의 원칙이었다.

"소성리(사드 반대 농성장)에 며칠씩 있으면서 밥 연대를 할 때가 있었어요. 있는 동안 마을회관을 써야 했는데, (유희) 언니는 아침에 일어나면 막 화장실 청소, 주변 청소부터 하는 거예요. 그리고 집회 끝나면 페트병들이 막 닐브러

   수상한 차와 고상한 밥

져 있을 때가 있어요. 저희가 돌아다니면서 다 주워서 먹다 남은 물은 허드렛일할 때 쓰려고 따로 모으고, 페트병은 분리수거하고, 이런 일들을 다 챙겨요. 연대하러 간 현장에 폐 끼치면 절대 안 된다는 거죠.”

때로는 밥 연대 현장에서 오해(?)를 받기도 한다. 밥장사 하러 온 거냐는. 유희는 그런 이들에게 연대의 의미를 분명 히 알린다.

농성장에 밥을 가져가면 오히려 투쟁하는 동지들이 아줌마, 사장님, 이모라 부른다. 다짜고짜 장사하러 왔냐, 밥값은 얼마 냐 묻는다. (…) 아줌마가 아니고, 사장님도 아니고, 이모도 아니 다. 당신들과 같이 싸우는 동지이기에 이렇게 온 거다. 왜 왔냐 고 묻지 마라. 맛있게 먹기만 해라 말한다.

그러면 머쓱하다가도 밥을 먹고 나면 다들 마음이 녹는다. 아 줌마, 사장님, 이모 하던 사람들이 오랜 투쟁으로 힘을 잃었을 때 내 밥에 다시 힘을 내 싸운다는 글까지 쓴다. 그 글에 나도 눈 물이 나고. 서로 마음이 따뜻해진다. 사람이 밥 한 그릇에 그렇 게 마음을 열고 힘을 낸다. 그쯤이면 사람들은 나를 밥으로만

보지 않는다. 동지가 된다.(유희)[36]

그렇게 유희가 한 밥을 먹고, 힘을 내 싸우고, 그렇게 동지가 된 사람들 사이에 언젠가부터 전설이 생겨났다. 유희의 밥을 먹으면 투쟁에서 이긴다는 전설. 그 말은 밥을 먹는 사람에게 희망이 됐고, 밥을 짓는 유희에게 가장 큰 보람이 됐다.

"사실 (밥을 먹어서 이긴 게 아니라) 이길 때까지 밥을 하는 거예요. 당사자들이 투쟁을 포기하지 않으면 (유희) 언니도 포기하지 않고 가니까, 결국 승리를 함께 만나게 되는 거죠. (그 전설은) 포기하지 말고, 외로워하지 말고 투쟁하라는 메시지를 준 거라고 생각해요."

유희는 "자신이 처해 있는 상황을 극복하기 위해 최선을 다하는 사람들"을 가장 사랑했다. 그런 이들이 자신의 일상을 되찾는 것, 그런 날을 함께 보는 것이 가장 큰 기쁨이었다.

하지만 기쁨보다 슬픔을 나눠야 하는 날이 많았다. 때로는 승리 없이 긴 투쟁을 접어야만 하는 노동자들이 먼저 연락해

수상한 차와 고상한 밥

왔다. 이기지 못해 죄송하다고. 유희는 이렇게 대답했다.

"이제 아무도 당신들을 만만히 안 볼 거다. 그게 이긴 거지."

투쟁하는 사람들과 동지가 되고 기쁨과 슬픔을 함께하는 일은 유희 한 사람의 노력으로는 불가능했다. 함께 밥을 짓고 나누는 멤버들, 한 푼 두 푼 후원금을 모아 준 시민들, 그리고 식재료를 직접 보내는 사람들까지 그야말로 십시일반 정성을 모은 결과다.

"나물이면 나물, 과일이면 과일, 철마다 전국 각지에서 보내 주세요. 농사짓는 분들이 연락을 주시는 거죠. 고구마 줄거리를 주시면 그거 까서 반찬하고, 열무를 주시면 또 그걸로 김치 담그고. 쌀이 막 20포대씩 오기도 하고, 그 정도로 식재료가 끊일 날이 없었죠."(박은경)

유희가 독고다이로 나선 일에 함께 밥을 짓겠다는 사람들이 나타났다. 밥은 못 지어도 나눌 때 돕겠다는 사람들이 나타났다. 돈을 보내는 사람들이 생겼다. 철마다 식재료를 보내는 사람들이 늘어났다. 수직의 조직이 아니라 수평의 연대가 유희와 밥묵차를 떠받쳤다.

춥고 외로운 투쟁을 하는 사람들을 위해 뭐라도 하겠다는 마음. 크든 작든 자기가 가진 것을 하나라도 보태겠다는 마음. 그 선한 마음들을 발견하고 연결하는 일을 유희는 했다.

밥은 하늘이다

"나 좀 안아 주세요. 그대들이 힘 주실 차례입니다. 하하. 동지니까요."

2022년 11월, 유희가 페이스북에 쓴 글. 남한테 줄 줄만 알았지 받을 줄은 몰랐던 유희가 뜻밖의 부탁을 하는 걸 보고 사람들은 놀랐다. 이유가 있었다. 유희의 몸에 암이 생겼다. 췌장암. 유희는 암과 싸우기 전에 먼저, 마음속에 자라는 원망과 싸워야 했다. 독실한 기독교인이었던 유희는 며칠간 기도로 시간을 보내며 스스로 묻고 답을 구했다.

"(유희) 언니가 며칠 뒤에 그랬어요. (기도 끝에) 받은 응답은 자기는 그동안 하고 싶은 거 원 없이 다 하고 살았다고, 내일 죽어도 여한은 없다고 얘기했어요. 그래도 가족들을 생각해서 남은 시간 최선을 다해서 치료받을 거라고…. 언니 말이 진심이라고 느껴졌어요."(성미선)

제가 꽃을 미친 듯이 좋아해요. "너 만 원 줄까, 꽃 한 송이 줄까?" 하면 꽃 달라고 하지.(유희)[37]

성미선은 투병 중인 유희에게 꽃을 가져갔다. 유희는 특히 꽃집에서 파는 잘 길러진 꽃들보다 자유롭게 핀 들꽃들을 좋아했다. 들과 강에 이웃해 사는 성미선은 철마다 피는 들꽃들을 꺾어서 유희에게 선물했다. 그리고 유희가 특히 좋아했던 그 꽃이 피기를 기다렸다.

"(유희) 언니가 좋아했던 보라색 수레국화. 병원에 들키면 못 갖고 들어가게 하잖아요. 그래서 몇 송이만 조그마하게 해서 가방 안에 숨겨 가지고 들어갔어요. 그래서 언니 손에다 이렇게 쥐여 주고, 언니가 좋아하는 꽃 가져왔다고, 한번 보라고⋯."

유희는 암 진단을 받은 뒤에도 밥 연대를 멈추지 않았다. 멤버들의 도움으로 계속 밥을 짓고 나눴다. 밥을 못할 지경이면 조용히 집회에 참석하는 걸로 함께했다. 더 이상 몸을 움직이지 못할 정도가 되기 전까지는 어떤 방식으로든 현장에 있고 싶어 했다.

돈 줄까 꽃 줄까, 하면 꽃 달라 했다던 유희. 2023년 벚꽃 피던 계절, 꽃신을
신은 유희. ⓒ 유희 페이스북.

유희는 병상에 누워서도 밥 걱정을 놓지 못했다. 그녀가
숨을 거두기 한 달쯤 전.

"집으로 (유희) 언니를 보러 갔어요. 근데 언니가 찜기를
사 달래요. 찜기를 사면 뭐를 하고, 뭐를 하고, 계속 그래요.
언니 생일이 두어 달 남았었거든요. 그래서 제가 '언니 조
금만 건강해지면 사자, 생일 선물로 내가 사 줄게' 그랬어
요. 그랬더니 끄덕끄덕 하더라고요."(박은경)

   수상한 차와 고상한 밥

유희는 노래를 부르고 싶다고 했다. 집회 현장에서, 공연 봉사 무대에서 마이크를 잡고 좌중을 휘어잡던 그녀의 카리스마를 모두가 기억했다. 빨리 나아서 노래 부르러 가자는 박은경의 말에 갑자기 유희는 몸도 일으키지 못한 채 "아- 아-" 하고 목을 풀기도 했다.

언니가 늘 내 옷이나 모자 보면, 이거 어디서 샀냐고 눈을 찡긋할 때, 아, 벗어줄 시간이 되었구나 싶어. (…) 하나도 아깝지 않았어. 언니가 준 사랑과 애정은 더 넘쳤거든. (…) "너니까 그러는 거여" 하며 옷장에 있는 거 맘에 드는 거 가져가라 했는데, 언니는 이제 몸이 너무 말라 내게 맞는 게 하나도 없더라….(박은경)[38]

그렇게 시간을 보내고 집을 나서려 신발을 신는데 유희가 박은경의 옷자락을 잡았다.

"은경아, 너 자고 가면 안 돼?"

박은경은 유희의 곁에 나란히 누워서 그날 밤을 보냈다. 잠들기 전 정겨운 욕(?)과 함께 두런두런 나누는 수다에서도 유희의 밥 걱정은 빠지지 않았다.

"다른 사람은 언니처럼 못해. 언니가 10년은 더 살 거니까 언니가 더 해."

"뭐라고 이년이!"

"그래 이런 힘으로 살아. 더 살아."

언니와 함께 사흘 밤을 보냈다. 그게 마지막이었다. 찜기를 생일 선물로 받기도 전에, 노래 공연 무대에 다시 서기도 전에 유희는 눈을 감았다.

성미선이 10년 세월 동안 유희의 밥 연대를 도우며 내린 결론. "해야 한다는 당위만으로는 절대 할 수 없는 일"이었다. 일터에서 내쫓기고 일상을 빼앗겨 춥고 외롭게 투쟁하는 사람들이 따뜻한 밥 한 끼라도 제대로 먹기를 바라는 마음. 그런 '진심'이 한 일이다.

박은경에게 유희의 정신이 뭐라고 생각하는지 물었을 때도 "진심"이란 말이 돌아왔다.

"억지로 머리 수만 채우는 연대가 아니라 정말 진심, 마음에서 우러나는 진심의 연대를 하자는 것. 그게 정말 어려운 거죠. 그래도 늘 그렇게 하려고 저도 애를 쓰고 있어요."

　　　　　　　　　　　　수상한 차와 고상한 밥

내가 늘 하고 싶은 건 멕이는 거. (내가 지은 밥이) 입에 들어가는 걸 보고 싶은 거지. (집회 현장에) 그냥 가서 앉아 있으면 미안해요. 뭐라도 가져왔어야 되는데. (…) (밥 먹는 모습이) 너무 이쁘고, 너무 고맙고, 정말 감사하게 먹는 그 마음이 내 눈에 보이는 거예요. 그러니까 안 할 수가 없는 거야.(유희)[39]

유희의 묘소는 경기 남양주시 화도읍 모란공원묘지 민족민주열사묘역에 마련됐다. 2025년 추석, 성미선은 차례상을 준비해 유희의 묘소에 다녀왔다. 가을 들꽃을 한 아름 안고서.

다행히 같은 지역에 살다 보니 때마다 산소를 찾는다. 언니가 좋아했던 앵두나 오디가 열리면 그것들을 따 가고, 언니가 좋아했던 오이지를 담근 날에는 역시 그걸 들고 찾아간다. 언니가 좋아했던 믹스커피를 물을 조금만 넣어서 한 잔 타서 올리고, 어느 날에는 언니가 좋아했던 빨간 뚜껑 소주를 한 잔 올리고 온다.

"아사히글라스 (비정규직) 동지들 승리했던 날(2024년 7월 대법원 승소), 다들 법원 앞으로 가서 모였잖아요. 저는 유희 언니 산소에 가서 기다렸거든요. (승소) 소식이 오면 언니한테 제일 먼저 전해 주고 싶었어요. 엄청 오랫동안 투쟁했잖아요(약 9년). 그 동지들이 복직해서 현장으로 돌아가는 걸 언니도 정말 기다렸고 보고 싶어 했거든요.”

유희가 생전에 당부했던 말이 있다. 자기 장례식에서 울지 말라는 것. 웃고 떠들고 밥 먹고 가라는 말이었다. 사람들이 자기 무덤에 찾아와 우는 걸 상상하는 것도 싫어했다.

“만약 (유희) 언니 산소에 간다면 유희란 사람을 떠올리면서 즐거웠던 추억들을 돌아보고, 우리가 같이 승리로 만들어 냈던 그런 투쟁들을 기억하면 좋겠어요. 그 투쟁의 주인공들이 지금 일상을 잘살고 있으면 그것만으로 참 감사한 일이다, 그런 마음이에요.”

성미선이 유희를 처음 만난 2014년. 더 이상 사회활동에서 진정한 인간관계를 맺기는 어려울 거라 회의하고 있을 때였다. 하지만 유희와 함께 보낸 10년 동안 생각이 달라졌다. 그 시간을 통해 사람에 대한 신뢰를 다시 회복할 수 있었다.

“밥은 하늘이다.” 유희의 묘비명. 성미선은 지금도 하늘

　　　　　수상한 차와 고상한 밥

"밥은 하늘이다." 유희가 평생의 삶으로 실천해 온 한마디를 그녀의 묘비
에 새겼다. ⓒ 셜록.

처럼 귀한 사람들과 밥을 지어 나눈다. 유희가 늘 하고 싶
어 했던 '먹이는 일'에 그녀의 뜻이 남아 있을 것이다.

"(유희) 언니가 해 왔던 일을 언니처럼 할 자신은 없거든
요. 그래도 시간이 될 때 한 번씩이라도 밥으로 연대할 수
있으면 좋겠다고 생각해서 현장에 나갈 수 있었던 것 같아
요. 예전에 언니가 작아서 안 신는 신발이나 저한테 준 옷
들이 있어요. 지금도 밥 연대를 나갈 때는 그 신발을 챙겨

서 신는다든지 옷을 입는다든지 해요. 언니하고 같이 가는
마음으로."

뽕짝으로
투쟁하라

"갑자기 되게 보고 싶네. 정말."

인터뷰를 시작하자마자 그가 말했다. 살짝 고개를 들어 하늘을 올려다보며 미소를 지었다. 마치 그의 시선이 머무는 허공 어디쯤에서 누군가 그 말을 듣고 있다는 듯이.

2025년 여름 어느 날 저녁, 민중가수 박준을 만나러 명동성당 앞으로 갔다. 비정규직·해고·산재 노동자 자녀들에게 장학금을 전달하기 위한 거리 공연. 수십 년간 그 자리를 지켜 온 그는 그날도 여전히 마이크 앞에 서서 기타를

늘 집회 현장에서 만나 친남매 같은 정을 나눈 유희(왼쪽)와 박준. 2015년.
ⓒ 유희 페이스북.

치고 노래를 불렀다.

박준이 유희를 처음 만난 곳은 바로 이곳, 명동성당이었다.

"팔구십 년대 명동성당은 데모의 메카 아니었습니까. 당시에 저는 명동성당 청년회 활동을 쭉 했어요. 88올림픽 전후로 빈민운동이 워낙 크게 일어났고, 노점상 투쟁도 명동성당으로 오셨으니까, 그때 명동성당에서 누이를 처음 만났죠."

박준은 한 살 터울의 유희를 누이라 불렀다. 박준이 기억하는 당시 유희의 모습은 '전사' 그 자체였다. 집회를 진압하는 경찰들 앞에서도 "전혀 물러서지 않았던 모습". 1995년 이덕인 열사 투쟁 때도 박준은 유희의 헌신을 지켜봤다.

1990년대 후반, 유희가 노점상을 접고 노점상 단체 활동을 그만두면서 한동안 박준은 유희를 만나지 못했다. 그리고 몇 년이나 흘렀을까. 노동자 집회 현장에서 유희를 다시 만났다. 유희는 그곳에서 밥을 나누고 있었다. 너무 오랜만이라 "꿈꾸는 듯이" 누이를 바라봤다. 그리고 다가갔다. 많은 얘기가 필요하진 않았다. 눈빛만 봐도 아는 세월을 함께 보냈으니. 짧은 안부를 나누고 누이에게 물었다.

"누이! 장사는 어떻게 하고 이걸(밥 연대) 하시는 거야?"

"에이, 장사는 장사고 이건 이거지."

누이다운 대답이었다. 만나지 못한 동안 누이는 호락호락하지 않은 인생을 산 것 같았다. 그런데도 남을 위해 밥을 하겠다고 생각한 게, 또 그걸 실천하며 산다는 게 놀라웠다.

"'와… 어떻게 이런 생각을 했지?' 싶은 거예요. 노동자, 빈민, 장애인들 투쟁하는 현장에 계속 밥차를 몰고 가시고…. 그 밥 한 끼가 얼마나 소중해요. 지금 되돌아보면 변함이 없으신 거죠. 한때가 아니라 늘상 사람을 먼저 생각하는 가슴을 가지고 계셨기 때문에."

박준과 유희는 수많은 현장에서 계속 만났다. 박준은 기타를 메고 유희는 국자를 들고. 정말 친남매처럼 애정 넘치는 욕(?)을 주고받으며 서로 정을 나누고 의지하는 사이가 됐다.

(경찰한테) 디지게 맞기도 많이 맞고, 머리통 터지고 손이 찢어져도 우린 포기할 수 없었어. 피 터지는 전쟁하고 명성(명동성당) 농성장 들어오면, 떡~하니 쭈니(박준)가 앰프를 설치해 놓는 거야. 오후 집회하라고. 너무 고마웠던 거 모르지? (…)

어언 30여 년이 지났는데 쭈니는 늘 그 자리. 난 돌아 돌아 다시 길 위에 있으니, 이 또한 질긴 인연 아닌가? 고마우이! 늘 그 자리 있어줌에 든든하고. 우리 10년 후에도 건강하게 길 위에 있자구.(유희)[40]

가끔 어느 현장에 가기 전, 유희가 박준에게 연락할 때가 있었다. 그곳에서 누가, 무엇 때문에, 어떻게 투쟁하고 있는지 공부하기 위해. 유희는 그냥 밥만 지어다 주는 게 아니라, 투쟁하는 사람의 사정을 최대한 알고 이해하고 연대하려 애썼다.

유희와 '다시 만난 세계'

박준이 놀란 때가 또 있다. 바로 유희의 노래를 듣고. 오랜 세월 어르신들을 위한 노래 봉사와 모금 공연을 하며 "부평 스타"라 불린 유희 아닌가. 집회에서도 밥뿐 아니라 노래로 연대할 때가 있었다.

"저는 누이가 그렇게 노래를 잘하는 줄 몰랐어요. 깜~짝 놀랐어요, 진짜. 한번은 '내가 이제 누이 앞에서는 뽕짝은 안 부를게' 그런 얘기도 했어요. 너무 잘하시니까."

대개 노동자 집회에서는 이른바 민중가요를 부르기 마련. 하지만 그녀의 무대는 신선한 충격(?)을 줬다. 바로 그녀의 레퍼토리가 민중가요가 아니라 트로트였기 때문이다.

민중가수인 박준은 때때로 트로트 몇 곡을 레퍼토리에

넣는다. "오~늘도 걷는다~마는"으로 시작하는 〈나그네 설움〉(조경환 작사, 이재호 작곡)이나 "가~련다 떠나련~다"로 시작하는 〈유정천리〉(반야월 작사, 김부해 작곡). 공장에서 쫓겨난 중년 노동자들이 그 노래를 듣다가 "닭똥 같은" 눈물을 뚝뚝 흘리곤 했다.

"듣는 분들한테 내 마음이 전달될 수 있으면, 트로트면 어떻고 민중가요면 어때요?"

유희의 파격적인(?) 무대는 집회 현장에선 민중가요만 불러야 한다는 오래된 관념을 깨뜨렸다. 덕분에 생각의 틀을 깨게 된 사람 중 하나가 바로 민중가수 임정득이다.

"첫인상은 한마디로 '저분은 누구시지?'였어요. 까만색 큰 차(에쿠스) 있잖아요, 되게 좋은 차를 타고 (집회 현장에) 오시는 거예요. 오셔서 밥을 막 나누시고, 또 마이크 잡고 트로트를 막 불러요(웃음). 잘 모를 때는 그냥 되게 재밌는 분이시구나 생각했어요."

참 특이하다 생각하며 호기심을 가졌다. 그런데 한 번, 두 번, 자꾸 유희를 만나게 됐다. 임정득이 노동자 투쟁 현장 어딜 가든 까만 세단과 유희의 밥이 함께했다. 그 꾸준함이

 뽕짝으로 투쟁하라

두 사람을 가까워지게 했다. 유희에게 든든한 멤버들과 밥차가 생기고 '십시일반 음식연대 밥묵차'라는 멋진 이름이 생긴 뒤에도 두 사람은 늘 현장에서 만났다.

둘이 특별히 더 친해지게 된 계기가 있다. 2018년 1월 어느 날이었다. 유희가 임정득에게 요양병원 어르신 위문 공연을 함께 가자고 했다. 노래 봉사를 꾸준히 한 유희에겐 익숙한 일이었지만, 민중가수 임정득에게 위문 공연은 좀 생소했다. 그런데 그 요양병원이 좀 특별(?)했다. 일터에서 쫓겨났다가 긴 투쟁 끝에 어렵게 복귀한 노동자들이 계속 병원 측과 힘겨운 갈등을 겪고 있는 곳이었다. 임정득은 그제야 유희의 속뜻을 알아차렸다. 사실은 그곳 노동자들의 "기를 살려 주기 위한" 공연이란 걸.

"사실 고민을 좀 했어요. 전 트로트도 못 부르는데. 근데 언니 카리스마가 '갈래?' 이게 아니라 '가자! 좋잖아!' 이런 식(웃음). 가서 언니는 반짝이 옷에 긴 부츠 신고, 저도 방방 뛰면서 재밌게 노래했어요. 언니가 그런 요청을 나한테 해 준 게 고마운 거예요."

박준은 집회 현장에서 노래하는 유희를 보고 깜짝 놀랐다. "유희 앞에선 트로트를 부르지 않겠다"라는 찬사가 나올 만큼. 사진은 2018년. ⓒ 유희 페이스북.

현장 투쟁으로 힘들어할 때, 유희 동지가 먼저 제의해 왔다.

"분회장님 원내 위문 공연 한번 해서 가오 좀 세워줄까요?"

(…) 강당에 어르신들 가득 모시고, 멋쟁이 우리 유희 동지 노래하랴, 신명 나 춤추는 어르신 기분 맞추시랴, 사회 보랴. 어르신들 양말 선물도 챙겨오고! 감동이었다. (노조) 조합원들은 완전 힘 받고! (…) 고마운 그날의 유희와 함께하신 출연진들 감사합니다. (권옥자)[41]

뽕짝으로 투쟁하라

반짝이 옷에 긴 부츠를 신고 트로트를 부르며 노동자들과 연대하는 유희의 모습은 분명 낯설었다. 하지만 "자기가 잘할 수 있는 것, 그 무엇으로든" 사람들을 응원하고 지지하겠다는 "당차고 거침없는" 유희의 모습은 임정득의 마음속에 숨어 있던 편견마저 깨뜨렸다.

"형태만 다를 뿐이지 본질이 달라지는 건 아니죠. 그건 언니가 자신의 중심에 늘 투쟁하는 사람들을 두고 있었기 때문이에요. 밥이든 노래든 언니만의 방식으로 연대하겠다는 것. 아무나 그렇게 한다고 해서 다 되는 게 아닌데, 그런 힘이 언니한테 있었어요."

유희는 "일찍이 집회 현장에 없던 캐릭터"였다. 2024년 겨울, 윤석열 탄핵 광장 이후로 K-POP과 응원봉, 커피차와 선결제 문화가 등장하면서 집회 문화가 많이 다양해졌다. 그러나 이전의 집회 문화는 '이래야 한다'라는 오래되고 경직된 느낌이 없지 않았다.

실제로 사건이 한 번 있었다. 유희가 노동자 집회 현장에서 트로트를 부르는 걸 못마땅하게 여긴 사람이 있었다. 그가 공개적으로 유희를 비난하면서, 유희와 유희를 사랑하는 사람들이 모두 분노했다. 하지만 유희의 헌신과 진심은 비난에 흔들리지 않았다.

어찌 보면 유희는 밥과 노래로 일찍부터 증명해 왔던 건지도 모르겠다. 마음을 표현하는 도구와 방식은 각자 달라도 우리는 충분히 연대할 수 있다는 사실을.

"(거리에서 투쟁하는 사람치고) 유희 언니의 밥을 한 번도 안 얻어먹은 사람은 없을 것 같아요. (사회적으로는) '밥하는 아줌마' 이렇게 낮게 보는 인식이 있을지 모르지만, 사실 밥이 되게 중요하잖아요. 어려울 때 밥 한 끼 먹여 준 사람이 제일 오래 기억나잖아요."

임정득이 유희를 만난 현장은 세상의 관심을 많이 받는 큰 투쟁 현장만이 아니었다. 주목받지 못하는 작은 현장, 한두 사람이 외롭게 투쟁하는 현장에서 유희를 만났다. 유희는 밥을 지어 와서 그들과 나누고, 또 작은 앰프 하나를 두고 힘찬 노래로 그들을 응원했다.

"(작은 투쟁 현장의 노동자들이) 와! '십시일반 밥묵차'가 우리한테 온대! 이런 걸 되게 자랑스러워했어요. 밥묵차 덕분에 현장의 기세가 정말 좋아지는 게, 말 그대로 투쟁의

뽕짝으로 투쟁하라

힘으로 작용하는 게 저한테도 느껴졌으니까. (유희 언니를) 정말 고마워하고 존경했어요."

유희가 살아온 지난 삶을 생각하면 더욱 그랬다. 20대 초반에 아이를 업고 노점상을 시작해 가난과 싸우고 불평등에 맞서며 청장년 시절을 다 보냈다. 하지만 잘 자라 준 아들들 덕에 중년의 인생을 조금 편하게 지낼 수도 있었다. 왜, "서는 곳이 달라지면 풍경도 달라진다"라는 말이 있지 않나. 하지만 유희는 끝까지 현장을 떠나지 않았다. 투쟁하는 사람들의 곁을 지키는 일에 변함이 없었다.

"언니가 진짜 온몸으로 싸우던(노점상운동) 시기가 지나고 나서, 다른 처지에 놓이게 되면 사실 세상을 바라보는 시선이 달라지는 사람도 많잖아요. 근데 언니는 항상 힘들게 투쟁하는 사람들의 현장에 시선이 있었다는 게, 그게 되게 중요한 사실 같아요."

이만큼 했으니, 가족을 위해 편하게 살면 된다고 말하는 사람이 많다. 같이 (사회)운동 했던 사람들도 그런다. (…) 나만 잘살겠다 생각 말고, 그런 사람들에게 베풀자. (…) 길바닥에서 집회

하는 사람들 보면 그 사람들의 애달픈 마음, 애절한 마음을 조금은 역지사지하며 헤아려 보자. (…) 밥을 나누는 것도 좋은 세상을 만들고자 하는 거다. 조금만 따뜻한 시선을 가져 주면 좋은 세상이 더 빨리 오지 않을까.(유희)[42]

사회운동 판에서 올바른 가치를 이야기하는 사람은 많다. 그리고 그냥 '사람 좋은' 사람도 많다. 하지만 그 두 가지를 함께 갖추기는 어려운 일이다. 임정득이 기억하는 유희는 운동적 올바름과 사람 좋음을 동시에 갖춘 사람이었다. 그래서 "매력 있는" 사람.

"언니를 현장에서 만나면 항상 음식을 챙겨 주셨어요. 집에 가서 아이 먹이라고 빵 같은 것도 주시고. 저뿐 아니라 현장의 문화활동가들에 대한 애정이 되게 깊으셨어요."

유희의 기도엔 유희가 없다

유희가 사랑한 문화활동가 중 한 사람이 신유아다. 현장예술활동가로, 기획자로 오랜 세월 노동자 투쟁 현장을 지킨 신유아. 그녀가 기억하는 유희의 첫인상 역시 놀라움이었다.

 뽕짝으로 투쟁하라

“처음에는 언니가 전화했을 때 되게 놀랐어요. 쌀이 좀 생겨서 떡을 뽑아서 떡볶이를 해 주고 싶은데, 농성장에 몇 명이나 있냐고 전화를 하는 거예요. 언니한테는 주로 그런 전화를 많이 받았죠. 언니는 그렇게 우리가 신경 쓰지 못한 것들을 신경 써 온 거죠.”

노래하는 유희의 모습 역시 놀라움이었다. 집회 현장에서 흔히 보지 못한 화려함에 눈길이 갔다. 어쩔 수 없는 낯선 느낌. 하지만 점점 익숙해지면서 연대의 진심이 보였다.

“나중에는 언니가 음식 연대하러 오시면 따로 요청도 드리고 그랬어요. 노래도 꼭 해 달라고. 지금은 집회 현장에서 대중가요를 듣는 게 익숙해졌지만, 예전에는 되게 낯설었잖아요. 언니는 그 낯섦을 깨는 사람이었죠. 그런 게 참 인상적이었어요.”

신유아 또한 노동자 집회 현장에서, 농성장에서 유희의 밥을 헤아릴 수 없이 먹었다. “우리 같은 사람들은 거의 언니가 먹여 살렸지”라는 말이 나올 정도로. 유희는 집회 참가자들의 끼니뿐 아니라 뒤풀이 안주까지 준비할 때도 있었다. 그 세심함을 따라갈 수가 없다.

고공 농성 중인 택시 노동자를 응원하는 유희. 2022년. ⓒ 유희 페이스북.

"여러분~ 밥 왔어요!" 한마디면 집회장에 모인 사람들의 얼굴이 밝아진다. 긴 얘기가 필요 없다. 둘러앉아 밥을 함께 먹으면 정이 쌓인다. 그 밥을 한 사람, 유희에 대한 정도, 고마움도, 친근함도 쌓인다. 신유아는 꼭 '욕쟁이 아줌마' 같은 유희의 속정을 기억한다.

"대놓고 살가운 스타일은 아니에요. 그런데 속정이 깊은 사람. '츤데레'.[43] 그냥 조용히 밥만 퍼 주는 게 아니라, '야,

뽕짝으로 투쟁하라

너 밥 안 먹어? 더 먹어!’ 혼도 내고 막 이런 거 있잖아요. 그건 언니만 할 수 있는 거예요. 그런 편안함이 있죠. 욕쟁이 아줌마 같은 느낌(웃음).”

함께 인터뷰한 임정득이 “맞아, 맞아” 하고 같이 웃는다.

집회 도중 경찰이 강제해산이나 연행을 시도하며 충돌이 벌어지면, 유희는 밥이고 뭐고 다 놓고 달려와서 맨 앞에서 싸웠다.

“싸울 때도 절대 몸을 사리거나 뒤로 빼는 스타일이 아니에요. 욕 겁나 잘하거든(웃음). 막 앞에 나가서 욕하고, 싸우고, 이게 언니의 트레이드마크예요. 그걸 자기 일처럼 생각하기 때문에 그런 거예요. 노점상 시절부터 겪어온 당사자이기 때문에 가능한 거.”

밥을 나누면서 나도 점점 성장한 것 같다. 우리는 서로 연결된 사람이니 싸워도 같이 싸워야 버틸 수 있다. 함께하는 가치를 배운다.(유희)[44]

유희는 밥을 다 나누고 나서도 집회 현장을 먼저 떠나는 경우가 거의 없었다. 집회가 시작되기 전에 일찍 오고 집회가 끝날 때까지 함께하는 "굉장히 드문 사람"이었다. 그 덕분에 유희를 언니처럼, 누이처럼 여기는 노동자가 많이 생겼다. 한 현장에 여러 번 찾아가는 경우가 많았느냐고 내가 묻자, 신유아가 손을 내저으며 말했다.

"여러 번이 아니죠. 수십 번 갔죠. 만약에 10년을 투쟁하면서 한 달에 한 번씩만 집회를 했다고 해도, 그게 몇 번이에요? 언니도 그만큼 많이 갔다는 거지. 그 친밀감은 생각보다 훨씬 높을 거예요. 그냥 자식 아니면 친구, 이런 느낌으로 대하지 않았을까."

가끔은 밥을 나누러 오는 게 아니라도, 노래하러 오는 게 아니라도 유희는 그냥 집회 현장을 찾아왔다. 참가자의 한 사람으로 함께 앉아서 연대했다. 신유아의 기억에 유희는 밥으로 연대하는 사람이 아니라 "모든 마음으로 연대하는 사람"이었다.

암 진단을 받은 뒤에도 그랬다.

며칠을 펑펑 울었다. 그 끝에 결심이 섰다. 남은 인생이 얼마

뽕짝으로 투쟁하라

든 밥을 나눌 수 있으면 더 나누고, 집회 없는 날엔 여행 다니며 즐겁게 보내자 다짐했다. (…) 세 아들은 난리를 쳤다. (…) 절충했다. 입원 대신 통원하며 반은 치료, 반은 하고 싶은 거 하며 산다. 월요일에 치료받고 오면 화, 수 이틀은 골골거린다. 목요일쯤 힘이 생기면 금, 토, 일은 밖에 나다닌다. 소식이 닿으면 집회 현장에도 간다.(유희)[45]

유희는 투병 중에도 집회 현장으로, 농성장으로 갔다. 밥묵차 멤버들의 도움으로 음식을 해서 같이 올 때가 있고, 그조차 안 될 사정이면 조용히 집회 참석하러 왔다.

원래 유희는 골격이 좋은 편이었다. 하지만 투병 이후 하루하루 몰라보게 야위어 갔다. 신유아는 어느 날 집회에 온 유희가 마른 몸으로 길바닥에 쪼그리고 앉아 있던 걸 기억한다.

유희는 몇 해 전 암으로 먼저 세상을 떠난 민중가수 황현의 추모제에 참석했다. 황현 역시 유희가 참 아끼던 문화활동가 중 하나였다. 투병 말기, 병색이 완연한 유희가 그 자리에 어떤 마음으로 왔을까. 신유아는 그때를 생각하면 지금도 가슴이 짜르르 저려온다.

투쟁하는 사람들은 유희를 걱정했고, 유희는 투쟁하는 사람들을 걱정했다.

"'언니, 아픈데 어떻게 왔어요!' 하면, '아유 걱정되는데 그럼 안 오냐?' 이런 식이에요. 우린 언니 건강이 걱정인데, 언니는 그것보다 지금 너무 고생하고 있는 사람들이 계속 걱정되는 거죠. 어떻게든 현장에 나오려고 노력하셨는데, 그런 마음이 너무 고마운 거예요."

유희는 걱정 많은 사람이었다. 여름엔 여름이라 덥고 비가 와서 걱정, 겨울엔 겨울이라 춥고 눈이 와서 걱정. 그 걱정은 늘 자기 걱정이 아니라 남 걱정이었다. 집이 아니라 천막에서, 공장이 아니라 거리에서, 때로는 땅이 아니라 고공에서 투쟁하는 사람들을 걱정했다.

"같이 있으면 그냥 느껴져요. 이 언니가 나를 걱정해 주는구나. 본인도 아픈데, 옆에 또 아픈 사람이 있으면 챙기고…. 페이스북 기도문 알죠? 본인을 위한 기도가 아니잖아요."

투병 중 유희가 페이스북에 매일같이 올린 기도문 역시

오랜만의기도. 제맘아시죠?[46]

1. #박성율 목사님 #백향숙 사모님 두분의 건강을 위해 기도합니다 어머님의 건강도 함께 기도합니다

2. 나의 세아들 #김청희 #청욱. #청민 건강과 평화를 늘마다 기도합니다..사랑해♡

3. 늘 함께 해주시는 #김기수 님의 건강과 평화도. 김기수님 어머님 #오건례님 잘회복되심에 감사기도합니다.

4. #윤민석 부부를 위해 기도합니다 잘 이겨낼겁니다. 잘 치료받고 계시는거죠?

5.

6. 김형숙 #김동수 님 평안을 기도합니다

7. 밥묵차팀 박용주 옆지기님의 암투쟁 승리하길 기도합니다

8. 옵티칼해고노동자들을 위해 기도합니다

9. 건강보험공단 고객센터 상담사를 전원 전환 채용하라 투쟁!!~

10. #남현영 노무사님을 위해 간절히 기도합니다. 이제는 낫는일만 남았습니다.

11. #남영란 쾌유하시길 기도합니다 아픈맘 위로의손길 주소서...사랑하는 #김흥현 동지 항암치료 잘받고 쾌유되길 기도합니다

12. #박준 아우 족저근막염 치유되길....무리한 몸 잘치유되길...민중의 보배이기에 전국에서 울려퍼지는 쭈니의 노래소리에 힘받는 동지들있기에..옆지기 #박은영 늘 기도합니다

13. #배상일 빠른 회복기도합니다 제발...조금씩 나아지고있는거죠? 몸도 마음도...어머니의 몸도 꼭 회복되시길 기도합니다

14. #김호철 갑장 힘내기를 간절히 기도합니다

15. 민중가수 문예패 모든 동지들을 위해 기도합니다.

16. #지민주 #이혜규 #김영희 #김가영 을 위해 기도합니다.

17. 노래하는 #임정득 의건강을 기도합니다

18. 늘 노래하며 애쓰는.#안계섭 동지 건강의 축복을..이사잘했죠?

19. 우리 #가족. 친척 들의 건강을 기도합니다.

20. 무시로 봉사하는 #들나무봉사단 축복합니다.

21. 사랑하는 열 아홉명의 #밥묵차 팀원들을 위해 기도합니다. 끝까지 함께가야할 .사랑하는 동지들 김기수 성미선 김수

진 박원주 이명기 홍지철 은진. 전인표 최헌국 유희 최성원 홍
원주 박은경 정민정 조이희 권기응 오덕조 박성율 박용주

22. #아사히 노동자들 힘찬투쟁 꼭 승리를 기도합니다. 투쟁
의 선봉 차헌호 외...21명의동지들 힘!!!!!!!!!

23. 홍천군청만 결정하면됩니다 양수발전소 절대 반진 동지
의 완쾌를 간절히기도합니다

24. 노량진 구시장 상인들 반드시 승리할수있길 기도합니다
윤헌주 한상범

25. 사드가고 평화오라!!!! 소성리투쟁을 위해 기도합니다.
교무님들·목사님들·장로님·엄니들 연대인들지켜주옵소서 무시
로 침탈합니다 도와주소서.. ...

26. 이땅의 모든 농부님들 위해 기도합니다. 힘든 그수고를
알기에..

27. 4.16세월호 희생자를 위해 기도합니다. 유가족들을 위해
기도합니다. 끝난게아니다!!더힘차게!!!!반드시 진상규
명!!!!!! #전인숙

28. 울산과학대 청소노동자들 투쟁을 응원합니다.

29. #전장연 동지들의 투쟁을 응원기도보냅니다 주님 기억

하소서...

31. 자동차 판매연대 해고노동자들 승리를 기도합니다.

32. 스텔라데이지호 2차 심해수색 어서 되기를 기도합니다 불쌍히 여기소서 에미의 기도 들으소서

33. 세종호텔동지들이 해고에 맞서 농성 투쟁합니다. 고진수 Heidi Heo 동지에게 힘주시길 기도합니다

34. #정승철 동지의 완쾌를 기도합니다

35. 몸짓선언 정은진 동지의 완쾌를 간절히기도합니다

이 모든 기도 이뤄주실줄 믿고 예수님이름으로 간절히 기도합니다

아멘

걱정으로 가득했다. 수십 명의 이름을 한 줄 한 줄 써 내려 가며, 누군가의 건강, 누군가의 평화, 누군가의 승리를 기도했다.

유희의 기도문 속 "민중의 보배이기에, 전국에서 울려 퍼지는 쭈니의 노랫소리에 힘 받는 동지들 있기에"라는 문구 옆에는 박준의 이름이 있었다. 자신은 암과 싸우고 있으면서도, 박준의 족저근막염이 낫기를 바라는 기도를 빠지지 않고 올렸다.

완벽할 순 없지만 한결같이 살아온 사람

박준은 투병 중인 유희의 모습을 똑바로 보지 못했다. 하루가 다르게 말라 가는 모습을 보는 게 "너무 가슴이 아파서." 마른 몸으로 집회 현장에 나와 있으면, 속상한 마음에 "여긴 왜 왔어!" 하고 더 야단을 쳤다. 그때 기억을 떠올리면 지금도 "가슴이 사무친다."

병원에 누워 있는 유희를 만나고 온 적은 있다. 남은 시간이 얼마 없다는 연락을 받고서.

"누이 손 잡고 노래 하나 해드렸죠. 조용하게. 가톨릭 성가를 불러 드렸던 것 같아요. 그때 누이가 정신이 온전치 않았거든요. 들으시라, 그러면서 울면서 불렀죠 뭐, 울면서. (누이는) 멀뚱멀뚱 이렇게 쳐다보시면서 듣는데…. 가슴이 아프네 또 갑자기….”

그날 박준의 노래는 유희의 마음속에 가닿았을까. 노래를 들으며 유희는 어떤 마음이었을까.

그녀가 아직 의식이 있고 대화할 수 있었던 시절, 유희는 문병 온 사람들에게 노래를 부르고 싶다고 말했다. 빨리 나아서 노래 부르러 가자는 사람들의 말에 유희는 몸도 일으키지 못한 채 갑자기 “아- 아-” 하고 목을 풀기도 했다. 하지만 유희가 다시 무대에 서는 날은 오지 못했다. 매일같이 올리던 기도문은 2024년 5월 16일로 멈췄다. 약 한 달 뒤인 2024년 6월 18일, 그녀는 숨을 거뒀다.

장례는 민주동지장으로 치러졌다. 경기 남양주시에 있는 모란공원묘지 민족민주열사묘역에 안장됐다. 이덕인 열사의 묘소 바로 뒤편에 운명처럼 그녀도 잠들었다.

“저한테는 참 지랄 같죠(웃음). 이렇게 먼저 가버려가지고. 문득문득 (누이를) 생각해요. 그리고 모란공원은 1년에

　　　　　　　　　　　　뽕짝으로 투쟁하라

도 여러 번 갈 일이 있으니까, 그때마다 (산소에) 가 보고. 사실 여직 실감이 안 나요. 정말 떠났나? 언젠가 또 현장에서 볼 것 같은 생각도 들고."

박준의 기억 속 유희는 "완벽할 순 없지만 한결같이 살아온 사람"이다. 독실한 신앙만큼 그 가치를 실천하기 위해서도 "세상의 낮은 곳을 바라보며" 한결같이 애쓴 사람. 그리고 "정말 사람 냄새가 진했던 사람"이기도 하다.

"어떤 현장이든 사람의 마음으로 가니까, 그것이 (현장에서 투쟁하는 사람들에게도) 가장 와닿았을 거예요. 누이가 주고 간 게 너무 많아요. 저뿐 아니라 억울하고 힘들고 아픈 투쟁을 했던 사람들의 기억 속에 '유희'라는 두 글자가 계속 있을 거예요."

밥을 준비하면 전날부터 힘들다. 그렇지만 맛있게 먹는 사람들을 보면 힘든 게 싹 가신다. 보람을 느끼고. 저렇게 잘 먹는데, 안 왔으면 어쨌을까. 잘 왔다. 내가 안 왔으면 추운 데서 덜덜 떨었을 텐데. 오기를 참 잘했다. 그렇게 오래 했으면서도 그 모습 보는 건 늘 좋다. 그게 내가 사는 맛이다. (유희)[47]

박준은 한 손을 자신의 가슴에 대며 "그래도 여기 늘 같이 있으니까"라고 말했다. 소리 없는 웃음과 함께. 그리고 또 하늘을 올려다보며, 부탁인 듯 기도인 듯 한마디 덧붙였다.

"누이, 좀 자주 와요, 자주. 꿈에 좀 자주 오셔."

세상을 잇는
언니의 힘

명동 거리에 수상한(?) 냄새가 난다. 세계 각국에서 온 여행객들로 붐비는 호텔 앞 거리. 풍경과는 왠지 어울리지 않는 구수한 냄새다. 거리 한쪽에는 큰 현수막이 둘러쳐진 천막이 자리 잡고 있다. 그리고 그 앞에 놓인 큰 냄비에서 옥수수가 맛있게 익어 간다. "길 위의 목사"로 불리는 최헌국 목사가 전날 경북 문경까지 가서 직접 따 온 옥수수다.

"이분이 몇 년 전부터 항상 노동자 투쟁 현장들을 알려 달라고, 옥수수 보내 주겠다고 전화를 주셨어요. 너무 고마

'십시일반 음식연대 밥묵차'의 "국자 담당" 최헌국 목사(오른쪽 끝). ⓒ 최헌국 제공.

운 거죠. 그래서 옥수수 딸 때라도 일손도 돕고 막걸리도 한잔하려고 제가 직접 가거든요. 유희 쌤 계실 때는 유희 쌤께도 늘 옥수수를 보내 주시던 분이세요."

명동 세종호텔 앞 도로, 10미터 높이 철골 구조물 위에서는 세종호텔에서 해고된 요리사 고진수가 고공 농성을 벌이고 있다(2025년 2월 13에 시작된 고공 농성은 2026년 1월 14일에 마무리됐다. 336일 만이었다). 고공 농성장이 올려다보이는

 세상을 잇는 언니의 힘

거리에는 다른 해고자들이 천막을 치고 고진수를 지킨다. 옥수수는 그날 집회에 모인 시민들이 함께 나눠 먹었다.

최헌국은 유희가 이끌던 '십시일반 음식연대 밥묵차'의 멤버다. 그가 유희를 처음 만난 건 2009년이었다. 철거민과 경찰 등 6명의 목숨을 앗아간 용산참사가 일어난 해. 진상 규명을 요구하는 각계각층의 집회와 기자회견이 잇따라 열렸다. 그 현장에서 유희를 처음 만났다.

인연은 최헌국 목사가 활동하던 촛불교회로 이어졌다. 기독교인인 유희는 촛불교회 집회에 열심이었다. 유희는 그때도 혼자 밥 연대 활동을 하고 있었다. 때때로 유희가 페이스북에 밥 연대 봉사자가 필요하다는 글을 올리면, 최헌국은 가서 일손을 거들곤 했다. 그때는 밥차가 없던 시절이라 유희의 승용차에 음식이며 그릇이며 온갖 도구들을 싣고 다녔다. 서울에서 먼 지역으로 가거나 음식량이 많을 때는 촛불교회 차량으로 돕기도 했다.

"그때는 경찰이 외부 진입을 통제하는 (농성) 현장이 많았어요. 그럴 때 '목사로서 인도주의적 차원에서 밥을 제공하러 온 거다' 하면서 통제를 열어 달라고 하고, 기도회를 하러 왔다 하고 들어가면서 밥을 같이 가지고 들어가고, 그런 일들이 많았죠."

최헌국이 본격적으로 유희의 밥 연대에 함께한 것은 2017년이었다. 그가 촛불교회 등 다른 상근 활동을 내려놓게 됐을 시점. 유희의 밥 연대가 시민들의 십시일반 모금 덕분에 조리 시설을 갖춘 밥차를 마련하고 전국적으로 활동 폭을 넓혀 가던 때였다. 최헌국은 밥묵차의 활동에 "매료"됐다. 춥고 배고픈 투쟁을 하는 사람들을 따뜻한 밥 한 끼로 응원하는 일. 투쟁을 직접 돕는 것만큼이나 절실하고 중요한 도움이라 생각했다.

"밥차에 대한 매료가 굉장히 컸어요. 아, 현장에서 정말 필요한 건 이거다! 말 그대로 밥심이죠. 대의명분만 가지고 투쟁이 되는 건 아니거든요. 유희 쌤 하시는 걸 보면서 이런 게 정말 필요하고, 특히 종교계 쪽에서 이런 일을 해야겠다는 생각을 많이 했어요."

최헌국은 유희와 함께 밥 연대를 다니며 그녀의 헌신을 지켜봤다. 그리고 겉으로만 생색 내지 않고 보이지 않는 데서도 정성을 다하는 그녀를 보고 배웠다. 항상 내 집에서 우리 가족에게 먹이는 밥을 한다는 관점에서 음식을 하는 게 정말 좋았다.

"유희 쌤이 따로 식당 공간이 없잖아요. 아무리 양이 많아도 집에서 압력솥으로 몇 번이나 밤새워서 밥을 해요. 저희들(밥묵차 멤버들)이 아무리 찜솥을 사자고 해도 찐밥은 압력솥 밥하고 맛이 다르다면서 고집하는 거예요. 그리고 웬만한 반찬은 절대 안 사요. 반찬도 직접 당신이 다 하고, 그게 너무 와닿는 거예요. 말 그대로 정성이 들어간 거죠."

밥묵차, 전국을 누비다

그렇게 정성스레 지은 밥을 싣고 유희와 밥묵차는 전국을 누볐다. 특히 자주 찾은 현장 중에 '소성리'가 있다. 경북 성주군 초전면 소성리. 주한미군의 사드 배치에 반대하는 투쟁이 이어지고 있는 곳이다. 차로 네 시간이나 걸리는 먼 거리를 마다하지 않고 달려간 이유는 아마도 소성리 할매들 때문 아닐까.

"(유희) 언니는 밥하는 사람의 수고를 누구보다 잘 알잖아요. 근데 어머니들이 밥을 해서 집회에 오는 사람들을 먹이는 게 언니는 너무 속상했던 것 같아요. 그분들도 맨날 투쟁하고 힘든데…. '우리가 가서 밥을 해 드리면 어머니들이 좀 편하지 않을까' 이런 생각에, 처음에는 하루만 갔다 오자고 갔는데, 그게 이틀이 되고, 사흘이 되고…(웃음)."
(성미선)

집회가 끝나고 밥 나눔이 마무리된 저녁. 소성리 어머니들이 하나둘 마을회관으로 모인다. 그러면 유희는 집에서부터 챙겨 온 무언가를 꺼낸다. 매니큐어다. 알록달록 화려하다 못해 야하기까지 한 색깔. 어르신들은 "요망스럽다"라며 손사래를 치고 물러앉는다.

"봐줄 영감도 없는데 이쁘면 뭘 해?"
"그러니까 이뻐져야지! 영감이 벌떡 일어나게!"
"그래? 그럼 발라 봐!"
할머니 한 분 한 분 손에 꽃이 피었다. 울퉁불퉁 거뭇한 손에도, 살다 살다 이런 호강이 있냐며 좋아하시는 분들의 얼굴에도 꽃이 피었다.

"할아버지랑 살면서 좋았슈?"

  세상을 잇는 언니의 힘

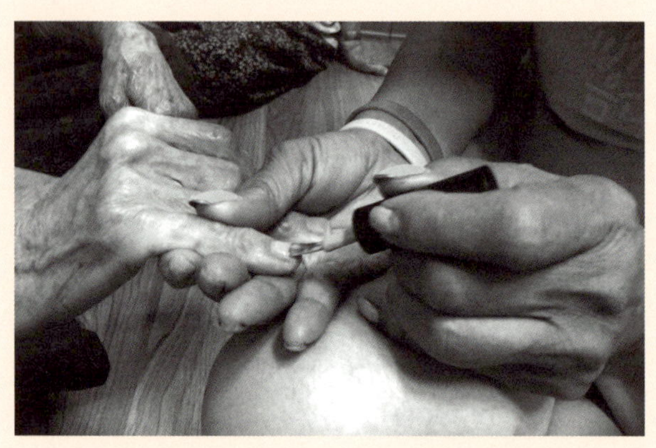

소성리 '어머니'들 손에 매니큐어를 발라 주는 유희. 2017년. ⓒ 유희 페이스북.

"뭘 좋아? 맨날 일만 하면서 살았지. 놀러를 가봤나, 놀기를 해봤나."

"그럼 지금 놀면 되겠네."

유희 언니는 금세 할머니들 앞에서 노래를 부르고 춤을 추었고, 흥 많은 할머니가 일어나 어깨춤을 추시며 좋아하셨다. (…) 유희 언니가 가진 힘이었다.[48]

유희는 소성리 어르신들을 부모처럼 살갑게 대했다. 내 부모 같은 사람들이 평화를 빼앗기고 고통받고 있는 곳. 소성리는 유희에게 평화의 의미를 되새기는 현장이었다.

소성리처럼 사드로 인해 늘 아프고 힘든 곳에는 평화만큼 절실하게 와닿는 게 없다고 봅니다. 지금 세상 돌아가는 거 보면 절규, 절망, 다급함 외에는 없고 밥차가 다니는 한 평화라는 단어는 없어요.(유희)[49]

평화를 잃고 투쟁하는 사람들, 일상을 지키기 위해 거리로 나선 사람들의 곁으로 유희와 밥묵차는 늘 달려갔다.

유희가 "가장 힘들었지만, 보람이 컸다"라고 기억하는 순간 중에 2018년 11월 비정규직 노동자들의 4박 5일 노숙 투쟁이 있다. 전국에서 모인 비정규직 노동자들이 청와대 앞으로, 대검찰청으로, 국회로 다니며 투쟁했다. 유희와 밥묵차는 4박 5일 내내 그들을 쫓아다니며 삼시세끼 밥을 책임졌다.

100인분이 넘는 밥을 매번 달라지는 장소로 찾아가며 짓고 나누는 일은 보통 일이 아니었다. 아침을 먹고 나면 바로 점심 준비를 해서 이동하고, 점심 식사가 끝나면 또 이동해서 저녁을 준비해야 했다. 저녁 나눔이 끝나자마자 마트가 문을 닫기 전에 부리나케 달려가 장을 봤다.

부랴부랴 집으로 돌아오면 11시를 훌쩍 넘긴다. 첫날 언니네 집으로 들어선 난 깜짝 놀랐다. 식재료가 부족해서 마트에 가서 장을 한 짐이나 보고 왔는데, 현관부터 시작해서 마루는 온통 찬거리와 당면, 밀가루 등을 비롯한 식재료들로 식재료상을 방불케 하는 현장이었다.

아니 이렇게 많은데 뭘 또 그렇게 사셨어요? 하면, 아니 이건 여기에 써야 하고, 이건 또 뭐고 이러시면서 괜히 내 앞에서 주눅 든 아이마냥 변명을 늘어놓으신다. 그 모습이 귀엽다.(성미선)[50]

다음 날 아침 식사 준비는 늘 자정 가까운 시간에야 시작할 수 있었다. 새벽 1시에 잠들고 새벽 5시면 일어나 밥을 싣고 나서는 일과가 반복됐다. 4박 5일 내내. 밥묵차 멤버 성미선이 "지금 생각해도 어찌 그 일을 해냈을까 싶다"라며 기억하는 순간이다.

걱정은 밥이었습니다. 100~150명 밥을 매 끼니 어떻게 해결할까 걱정했습니다. 유희 동지가 '십시일반 달려라 밥묵차' 이름처럼 달려왔습니다. 4박 5일간 잠도 못 자며 밥을 해 날랐습니다. 경찰 병력이 밥차를 막아도 밀고 들어와 배식했습니다. 우리는 원팀이었습니다.

"차헌호! 시발! 200명 넘게 오면 어떡해! 인원수 못 맞춰!"

국자를 들고 야단치시면서도 즐겁게 배식하던 유희 동지가 보고 싶습니다.(차헌호)[51]

밥묵차 멤버 박은경이 "엄청 고생했다"라며 기억하는 때는 LG트윈타워 청소 노동자들의 농성이 벌어진 2020년 겨울이다. 10년 가까이 일해 온 청소 노동자들이 하루아침에 계약 해지 통보를 받았다. 그해 12월 빌딩 로비에서 시작한 농성은 해를 넘겨 이어졌다.

"신정 연휴 때였어요. (유희) 언니 집까지 가서 (노동자들

　　　　　　　　　　　　　세상을 잇는 언니의 힘

줄) 도시락을 100개 넘게 싸는데, 그것도 순서가 있어. 순서 틀리면 욕먹고, 일 못한다고(웃음). 그렇게 도시락 포장을 해서 갖고 갔는데 (용역업체가) 반입을 안 시켜 준 거야. 얘네들이 막 걷어차고, 던지고!"

전기도 이미 끊긴 로비 농성장. 사측은 외부인의 건물 출입을 제한했다. 그리고 도시락 반입조차 막았다. 몇 끼나 굶고 있는 노동자들에게 준 초코파이조차 빼앗아 달아났다. 용역업체의 방해로 전달되지 못한 도시락은 차갑게 얼어붙은 채 버려졌다. 그렇다고 포기할 유희가 아니었다. 이제 도시락을 주는 것 자체가 투쟁이 돼버렸다.

내가 약이 올라서 니네들이 이걸(도시락을) 못 먹게 했으니, 이건 식어서 나 이 사람들 못 주겠다, 가서 또 밥을 뜨겁게 해 오겠다 그래서 (도시락을) 또 해 왔어요. 박스가 따블이 되는 거지. 쌓이고, 쌓이고.(유희)[52]

100인분 밥을 짓고, 도시락을 싸고, 빌딩 앞에서 막히고, 싸우고, 또 돌아와 밥을 짓고, 도시락을 싸고, 빌딩 앞으로

농성하는 LG트윈타워 청소 노동자들에게 전달하기 위해 싼 도시락. 2020
년. ⓒ 유희 페이스북.

LG트윈타워 청소 노동자들이 유희에게 보낸 감사 편지. 길거리에서 투쟁
하던 이들이 집으로 돌아가고 일상을 회복하는 걸 보는 게 유희의 가장 큰
보람이었다. ⓒ 유희 페이스북.

가 싸우기를 반복하며 이틀을 보냈다. 결국 도시락 반입은 재개됐다.

그걸로 끝이 아니었다. 청소 노동자들의 농성은 이어졌다. 로비 농성장의 노동자들이 빌딩 밖으로 나올 수 없으니 유희는 계속해서 도시락을 만들어 농성장에 전달했다. 136일간의 투쟁이 끝날 때까지. 2021년 4월 30일, 노사는 청소 노동자 전원의 고용승계에 합의했다.

바람, 물, 해가 있다면 밥도 그 안에 드는 기본이잖아요. 그 의미를 평상시엔 잘 모르지만, 저희처럼 자유롭지 못할 때 주시는 밥이 엄청 감사하고요. 저희도 봉사할 수 있는 기회가 생긴다면 유희 선생님처럼 그렇게 봉사하고 싶습니다.(LG트윈타워 청소 노동자)[53]

유희는 투쟁 현장의 큰언니였다. 노동자들에게 쓴소리할 때도 많았다. 주눅이 들어 있는 이들 앞에서는 직접 마이크를 잡고 투쟁을 독려하고, 어설픈 모습을 보이는 이들에게는 "그 따위로 할 거면 집어치우라"라는 호통으로 정신이 번쩍 들게 했다. 간혹 밥 연대의 의미를 잘 모르고 '밥하는 아줌마'라는 식으로 낮잡아 보는 사람이 있으면, "뭐? 아줌마? 너는 동지라는 말도 모르냐?" 하고 직설적으로 나무라기도 했다.

불같은 성격만큼 정이 많고 눈물이 많았다. 특히 단식투쟁이나 고공 농성 등 극단적인 투쟁을 하는 사람들을 볼 때 유희는 속상함과 안타까움에 눈물을 감추지 못했다.

"또 참사 유가족들을 볼 때. 세월호 가족들의 농성 현장에도 (밥묵차가) 많이 갔어요. 자식 잃은 엄마가 노숙 농성을 하는데 천막도 없이 바닥도 제대로 안 깔고 처절하게 했거든요. 그런 모습 보면 눈물 나잖아요. (유희 쌤도) 보면 울기부터 하는 거야. 그 엄마들 붙잡고."(최헌국)

유희는 그런 이들이 하루빨리 단식을 멈추기를, 땅으로 내려오기를, 편안한 집에서 잠자고 밥 먹는 일상을 되찾기를 기도했다.

친정 같은 곳

유희의 기도에 빠지지 않던 이들 중에 장애인들이 있다. 유희는 기회 있을 때마다 장애인 동지들에 대한 각별한 애정을 표현했다.

경기장애인차별철폐연대 집행위원장 수리야는 전국장애인차별철폐연대(전장연)에서 활동하던 2016년에 유희를 처음 만났다. 큰 집회를 앞두고 밥 연대를 부탁한 게 시작이었다. 1년에 서너 번씩 수백 명이 모이는 큰 집회는 물론, 수많은 농성 등 갑작스러운 일정에도 유희는 밥을 지어 연대했다. 밥 연대가 없었다면 삼시세끼를 김밥으로 때워야 했을 1박 2일 농성. 유희는 끼니마다 인천에 있는 집을 오가며 새로 밥을 해서 가져왔다.

"저녁에 투쟁문화제 끝나면 거의 10시거든요. 그때까지도 현장에 계세요. 본인 발언도 하시고, 모든 일정이 끝나야 집으로 가세요. 그 시간에 집에 가서 또 100인분 아침 식사를 준비하셔서 새벽 4시에 일어나서 오시는 거예요. (유희) 언니는 거의 잠을 못 주무시는 거죠."

밥을 먹이는 것 자체가 투쟁이 되는 경우도 비일비재했다. 2018년 장애인들이 노동권 보장을 요구하며 한국장애인고용공단에서 농성을 벌일 때였다.

"농성장이 건물 11층이었어요. 김밥 한 줄도 못 먹고 있었죠. 그래서 (유희) 언니가 밥을 해가지고 왔는데 올라올 수가 없는 거예요. 저희가 농성장을 비우고 내려올 수도 없고. 그런데 언니가 '밥은 먹어야 할 거 아냐!' 이러면서 막 싸워서 밥을 가지고 올라오신 거죠.”

또 한 번은 세종시에서 장애인 이동권 보장을 외치며 농성할 때. 건물 안에서 농성한 지 하루가 꼬박 지나도록 장애인들은 아무것도 먹지 못했다. 도저히 안 되겠다 싶어 유희에게 연락했고, 유희는 바로 밥을 해서 세종시로 달려갔다.

유희가 도착했다는 걸 농성장의 장애인들은 소리로 알 수 있었다. 밥을 못 가지고 들어간다고 막는 쪽과 무조건 들어가서 먹이겠다는 쪽이 입구에서 옥신각신하는 소리가 들렸다. 농성장에 있던 사람들은 다같이 “밥 줘!” “밥 줘!” 외쳤다. 결국 승자는 유희였다.

“반드시 밥은 먹으면서 투쟁해야 한다. 이게 언니의 모토였어요. '저 사람들 어떻게 밥 먹게 할까. 누가 밥을 먹일까. 내가 해야지.' 이 생각밖에 없으셨던 것 같아요.”

밥 나눔이 끝나면 유희는 마이크를 잡고 “화끈한” 발언으로 힘을 주기도 했다. “늘 챙겨 주는 어머니처럼” 응원하

     세상을 잇는 언니의 힘

감사패를 받고 바로 '초대 가수' 모드로 축하 공연을 펼치는 유희. ⓒ 수리야 제공.

고 격려하는 이야기 속에 꼭 빠지지 않는 말이 있었다.

"발언할 때마다 마무리는 이거예요. '밥이 힘이다.' 그 애기는 안 빼놓고 하시죠. '내가 할 수 있는 건 이 밥으로 힘을 주는 것밖에 없다. 그리고 어딜 가 봐도 여러분같이 잘 싸우는 동지들이 없다' 하시면서, 밤늦게까지 남아 있는 동지들한테 힘 불어넣어 주시고."

장애인들이 전국적으로 모이는 집회가 1년에 못 해도 서

너 번. 수리야는 그때마다 많게는 칠팔백 명분의 밥을 부탁
해야 했다. 그럴 때는 재료비 명목으로 얼마의 돈을 유희에
게 주기도 했다. 하지만 그 돈이 말 그대로 재룟값에도 못
미친다는 걸 수리야도 알고 유희도 알았다. 재료비조차 못
줄 형편이라 유희에게 부탁하지 않으면 유희가 먼저 알고
연락했다.

"야, 수리야! 왜 밥묵차 오라고 전화 안 했냐!"

"언니… 이번엔 예산이 너무 없어서 그냥 김밥 먹기로
했어요."

"김밥 예산 얼마로 잡았어? 그냥 그걸로 해. 밥해 갈게."

반짝이는 하얀 모자에 빨간 앞치마를 전투복처럼 차려입고,
밥차에는 따듯한 밥과 국을 실어 온 모습이 지원군의 사령관같
이 든든했습니다. 밥차 동지들은 춥거나, 덥거나, 우리가 어느
곳에 있거나, 우리가 가장 지치고 배고플 때마다 달려왔습니다.
(…) 유희 동지의 밥은 그냥 밥이 아니라 투쟁의 양식이고, 투쟁
의 생명이었습니다. (박김영희)[54]

유희는 "자신이 처해 있는 상황을 극복하기 위해 최선을 다하는 사람들"을 가장 사랑했다. 장애인 집회나 농성 현장이라면 빠지지 않고 찾아가려 했던 이유가 그것이다.

전장연 집회는 앞뒤 가리지 않고 무조건 참여한다. 장애인들은 어디 가서 밥을 먹기 더 힘드니까. 친정 같은 곳이기도 하고.(유희)[55]

유희가 장애인 투쟁 현장을 "친정"이라 표현한 이유. 아마도 유희의 밥 연대가 출발한 계기에서 찾아야 하지 않을까 싶다. 1995년 최정환 열사와 이덕인 열사의 죽음을 계기로 유희는 밥을 지어 나누기 시작했다. 최정환, 이덕인 두 사람은 모두 '장애인' 노점상이었다.

어머니의 눈. 유족의 눈. 피눈물 흐르는 그 눈…. 난 전노련(전국노점상연합)에서 늘 열사들의 유족 담당이었다. 최정환 열사, 이덕인 열사, 박순덕 열사 등. (…) 젤 먼저 달려가 유족들을 위로하며 함께 영안실서 먹고 자고, 가족들의 음식 챙기기, 건강 살

피기, 집회 모시고 다니기. (…) 그분들이 나를 인정하고 기대고, 맘을 안정시킬 때까지.(유희)[56]

30년 세월이 흐르도록 유희는 이덕인이란 이름을 눈물로 간직해 왔다. 해마다 추모제에 참석해 그리움을 나눴고, 이덕인 부모님과의 인연도 오래도록 이어가며 그들을 보살폈다.

너무 추운 날, 덕인이가 바다에서 시신으로 발견됐다. 길병원 영안실에서 6개월을 살며 장례 투쟁했다. 인천 시내를 돌아다니면서 덕인이의 영정을 들고 진상 규명을 외쳤다. 26년이 지난 오늘, 너무 추운 날에 길거리에 또 나와서 이 죽음을 얘기해야 한다는 게 처참하다.(유희)[57]

연결과 연대

유희는 우물쭈물하는 걸 싫어했다. 생각하는 즉시 행동에 옮겨야 한다. "'아침에 오늘 어디 갈까?' 생각하면 손은 벌써 쌀을 씻고 있다"라고 할 정도로. 누군가 와 달라 손 내밀면 거절하지 못했다. 또 밥묵차가 출동하지 않아도 집회 현장을 찾아 힘을 보태곤 했다.

'(농성장) 어디 어디 다니셨어요?' 하면, 너무 많아. 그냥 모든 농성장은 다(웃음).(유희)[58]

최정환 열사 투쟁, 이덕인 열사 투쟁, 콜트·콜텍 밥 연대, '엄마랑 함께하장' 화랑유원지 밥 연대, 노량진 수산시장 송년회 밥 연대, 소성리 3박 4일 밥 연대, 팽목항 세월호 가족 밥 연대, 420 장애인차별철폐의 날 밥 연대, 노량진 수산시장 밥 연대, 비정규직 이제 그만 4박 5일 투쟁 밥 연대, 420 장애해방투쟁 전야제 밥 연대, 아사히 음식연대, 하이디스지회 밥 연대, 한국GM 부평지회 비정규직 농성장 연대, 420 장애인 차별철폐의 날 밥 연대, 우리가 김용균이다 1박 2일 투쟁 밥 연대, 유성 삼성동 서울사업소 투쟁 밥 연대, 강남역 김용희 고공 농성 밥 연대, 톨게이트 투쟁 밥 연대, 소성리 토요평화모임 강연 및 밥 연대, 420 장애인차별철폐의 날 밥 연대, 아시아나케이오 비정규직 해고 노동자 밥 연대, 구례 지역 수해 피해 양정마을 밥 연대, 동서울우편집중국 밥 연대, 노량진 수산시장 해방문화제 밥 연대, LG트윈타워 청소 노동자 해고 투쟁 29차례 밥 연대, 김진숙 희망뚜벅이 행진단 밥 연대, 420 장애인차별철폐의 날 주먹밥 연대, 서울물재생시설공단 비정규직 투쟁 밥 연대, 새만금생명평화문화예술제 채식평화 밥 연대, 세월호가족협의회 워크숍 1박 2일 밥 연대, 차별금지법 제정 송년문화제 음식연대, 전국장애인대회 1박 2일 투쟁 밥 연대, 택시 고공 농성 300일 택시 희망버스 밥 연대, 420 장애인차별철폐의 날 500인분 밥 연대, 노동절 민주노총 문선대 밥 연대, 전국순회밥연대 뛰뛰빵빵 뛰뛰밥밥, 새만금생명평화문화예술제 채식 평화 밥 연대, DMZ국제평화대행진 밥 연대, 노동절 민주노총 문선대 밥 연대, 홍천 기도회 밥 연대, 전장연 420 투쟁 밥 연대, 장애인 노점상 이덕인 열사 28주기 추모제 밥 연대, 전장연 420 투쟁 밥 연대, 소성리 사드 반대 투쟁, 노인 요양원, 영등포 쪽방촌, 들나무봉사단, 인봉봉사단, 맹봉학과 함께 연탄 나눔, 쌍용자동차 정리해고 투쟁, 콜트·콜텍 정리해고 투쟁, 울산 서진이앤지, 아사히 비정규직노동자 투쟁 밥 연대, 일본대사관 소녀상지킴이 대학생, 새만금생명평화문화예술제 채식밥상 2박 3일 연대, 세월호 광화문광장, 강원도 골프장대책위, 예수살기 평화캠프, 강원생명평화기도회 밥 연대, 설악산케이블카 반대 투쟁 밥 연대, 신학대학원 예비신학생 밥 연대, 노량진 구 수산시장 투쟁….

유희 49재 자료집에 기록된 현장들만 옮겨 적어도 이 정도. 기록으로 남은 것보다 몇 배, 아니 몇십 배는 더 많은 현장에서 유희는 밥을 짓고 나눴을 거다.

2022년 11월, 췌장암을 진단받은 뒤에도 연대를 멈추지 않았다. 가족들은 물론 많은 사람이 제발 치료에만 전념하길 바랐지만, 그 고집을 꺾을 순 없었다. 밥묵차 멤버들이 대신 밥을 했다. 유희는 현장까지 함께 가서 주로 차 안에 앉아 밥 나눔을 지켜보곤 했다.

"겨울이었을 거예요. (밥 나눔 현장에) 그렇게 나오지 말라고 했는데, 당신은 꼭 나가야겠다는 거예요. 하얀 롱패딩을 입고 이렇게 담요를 두르고 앉아서 사람들 밥 먹는 걸 보고 있었는데, 살짝 보니까 혼자 조용히 눈시울을 좀 붉히는 것 같더라고…."

최헌국은 그 모습을 지켜보는 게 너무 힘들었다. 삶과 죽음은 모두 신의 뜻. 목사로서 그 뜻에 순응해야 한다는 걸 알면서도 유희가 어떻게든 병을 물리치고 그녀를 사랑하는 사람들 곁에, 그녀가 사랑하는 현장에 더 오래 머물길 바라는 마음이 간절했다.

투병 중 유희가 페이스북에 매일같이 올린 기도문에는 자신의 병이 낫기를 기도하는 내용은 없었다. 누군가의 건강, 누군가의 평화, 누군가의 승리를 기도하는 문장만으로 가득했다.

저는 꿈이 없어요. 밥을 하다가, 봉사를 하다가, 노래를 하다가 쓰러지면 최고 좋고, 아프더라도 짧게 아프자. (…) 내일 죽어도 나는 덤으로 사는 거니까. 열심히 살아야겠다. 정말 많이 베풀어야겠다.(유희)[59]

모란공원 민족민주열사묘역, 유희가 30년간 눈물로 기억해 온 이덕인의 무덤 바로 뒤편에 그녀의 묘소가 마련됐다.

전장연 상임공동대표 박경석은 그녀의 죽음에 "하나의 고리가 끊어지는 느낌"을 받았다. 장애인, 노점상, 철거민, 노동자, 참사 유가족 등 "투쟁하는 사람들을 연결하는 고리".

유희는 서로 다른 이유로 투쟁하는 여러 사람들을 밥을 통해 하나로 연결하는 고리 역할을 해 왔다. 그녀의 빈자리에는 "공허함과 허무함, 그리고 안타까움"이 남았다.

"유희 동지 활동을 보면 '빈곤'이란 키워드가 관통하고 있잖아요. 현장 투쟁들을 어떻게 연대라는 힘으로 연결할까 하는 데서 그 활동은 꼭 필요한 거였죠. 그 연결 고리가 바로 먹는 문제였고, 밥을 매개로 하나의 연대의 모범을 보여준 사람이라고 생각해요."

연결과 연대. 유희라는 한 사람이 불러온 나비효과였다. 내가 가진 작은 것 하나라도 춥고 외로운 투쟁을 하는 사람들과 나누겠다는 선한 마음들이 유희를 중심으로 이어졌다. 유희의 활동을 통해 다른 사람들에게도 기여할 수 있는 기회가 생긴다는 것.

유희를 도와 밥을 짓거나 현장에서 배식을 돕는 사람들은 물론 농사짓는 사람은 쌀과 채소, 과일을, 바닷일 하는 사람은 해산물을, 장사를 하는 사람은 양념이나 식기를 보냈다. 유희의 집으로 끊임없이 배달됐던 그 많은 택배 상자 안에 그들의 선한 마음이 담겼다.

노숙인들한테 한 달에 한 번 주먹밥 봉사를 해요. 너무 재밌는 게, (배우) 맹봉학이 결혼하면서 축의금 대신 쌀을 받았는데 그 쌀을 다 나를 줬어요. 나는 그걸로 또 (농성장에) 밥을 해 가고. 쌀 몇 포대는 나비봉사단에 줬더니 봉사단에서 또 주먹밥 100개를 해서 다시 나한테 줘요. (투쟁하는 사람들) 농성장에 갖다주라고. (유희)[60]

유희가 한 일은 그저 밥묵차를 운영했다는 것 하나만이 아니다. 선한 마음으로 이어진 연결과 연대의 그물망으로 작고 힘없는 목숨들을 지탱하는 일. 그 중심에 그녀가 있었다.

오랜 시간 그녀의 삶을 지켜보며 최헌국이 느낀 놀라움이 이 한마디에 담겨 있다.

"유희 쌤을 보면서 느꼈어요. 야, 이분은 정말로 세상을 돌아가게 만들었구나."

밥을 짓고
하늘을 나눈다

그리고 김청민의 기억

초여름 햇살이 뜨겁던 날. 땀을 흘리며 산길을 오르는데 구성진 트로트 가락이 들려온다. 잠깐 귀를 의심했다. 여기는 모란공원묘지 민족민주열사묘역. 이름만으로도 경건하고 엄숙한 무게감에 압도되는 곳인데 어째서. 발걸음을 옮길수록 음악 소리는 더 커진다. 바쁘게 손을 놀리는 사람들이 몇몇 보인다. 그리고 트로트 가락이 울려 퍼지는 큰 앰프가 눈에 들어온다. 여기구나. 유희의 무덤이다.

2025년 6월 18일, 유희 1주기 추모제 현장. 앰프에서 나오는 노래의 주인공은 다름 아닌 유희다. 현장 공연 때 녹음한 음원을 틀어 뒀다. 그녀가 생전에 말했단다. 자기가 죽은 뒤 사람들이 무덤에 와서 우는 게 싫다고. 그 뜻을 아는 누군가가 세심하게 마음을 쓴 모양이다. 하지만 울지 말라고 했다고 그게 어디 뜻대로 되나. 산 아래서부터 걸음마다 눈물 자국을 찍으며 올라온 이가 있고, 추모사를 듣는 동안 터져 나오는 그리움을 삼키지 못하고 울컥거리는 이들이 곳곳에 있다. 노래 공연을 부탁받은 가수는 눈물을 참느라 애를 먹는다.

짱구와 짱구 엄마

추모제 마지막 순서는 유가족 인사였다. 검은 양복을 입은 한 남자가 앞으로 걸어 나왔다. 아까 나는 봤다. 그가 저기 한쪽에 등을 돌리고 서서, 혼자 하늘을 보며 울음을 삼키는 모습을.

유희의 막내아들이다. 그가 마이크를 잡고 말했다.

"어머니는 '투쟁'이란 말을 참 좋아하셨습니다. 저는 그게 무슨 의미인지도 잘 몰랐지만, 그냥 어머니를 따라서 많

밥을 짓고 하늘을 나눈다

유희 1주기 추모제. "투쟁!"을 외치는 막내아들 김청민. ⓒ 셜록.

이 했어요. 오늘 너무 많은 분이 우셨는데, 어머니가 별로 안 좋아하실 것 같습니다. 모두 씩씩하게, 저 하늘까지, 어머니 계신 곳까지 들리도록 투쟁이라고 외쳐 주실 것을 부탁드립니다. 같이 외쳐 주세요. 투쟁!"

삼 형제 중 막내 김청민. 유희는 1982년 스물세 살 때 갓난아기를 업고 똥집 노점을 시작했다. 그때 업혀 있던 아기가 김청민이다. 이후에는 청계천에서 공구 노점을 했다. 주변 노점상들은 꼬마 청민을 "짱구"라고 불렀다. 유희는 자동적으로(?) "짱구 엄마"가 됐다. 어린 시절 노점에서 자라다시피 한 청민을 주변 노점상들은 참 예뻐했다.

"거기서 큰 거죠, 그냥. 공구도 팔고, 그 옆에서 아이스박스에 음료수 넣어서 팔고, 그때를 기억해 주시는 분들이 많아요. (나중에) 제가 고등학생 때인가 청계천 쪽 갈 일이 있어서 갔는데, (그분들이) 아직 계시더라고요. '저, 짱구예요' 인사드렸더니 알아봐 주시고 그랬어요."

중학생 청민은 엄마를 따라 전국노점상연합 사무실에 가기도 했다. 당시 청민의 눈에 대학생쯤으로 보이던 누나들이 특히 예뻐하던 기억. 아저씨들은 가끔 용돈을 주기도 했다.

그곳이 뭐 하는 곳인지는 잘 몰랐다. 그냥 "엄마랑 붙어 있는 게 마냥 좋을 뿐"이었다. 엄마와 함께, "엄마 친구들"과 함께 집회에 참여한 적도 여러 번이다.

"엄마가 단상 위에 올라가서 사람들 앞에서 연설하는 것도 몇 번 봤어요. (어린 제가) 그걸 이해했는지는 모르겠고, 그냥 멋있다고 생각했던 것 같아요. 우리 엄마 멋있다."

청민은 전국노점상연합 활동으로 바쁜 엄마를 대신해 장

사를 대신하기도 했다. 청민이 초등학교 6학년 때, 유희는 흑석동 초등학교 앞에서 한 평짜리 작은 떡볶이집을 한 적 있었다. 엄마가 볼일을 보러 가면 청민이 가게를 지키며 오뎅 꼬치를 꽂고 떡볶이를 해서 팔았다.

왕십리에서 곱창 노점을 할 때도 그랬다. 접이식 편의점 테이블에 간이의자를 깔고 장사하던 시절. 노점에 나와 엄마를 돕고 한쪽에서 잠도 자면서 새벽까지 엄마와 함께 있었다.

청민이 고등학생 때, 유희는 종로 서울극장 앞에서 포장마차를 했다. 그때도 포장마차를 펼치고 장사 준비를 하는 것은 청민의 몫인 날이 많았다. 장사를 시작하는 시간은 직장인들이 퇴근하는 오후 6시. 학교를 마친 청민이 엄마를 대신해 포장마차를 열었다.

"낙원상가 뒤쪽에 포장마차 보관하는 데가 있어요. 거기서 (장사하는 곳까지) 끌고 오죠. 저도 이제 클 만큼 컸으니까. (포장마차) 접고 펼 줄은 다 아니까. (기자: 요리도 직접 했어요?) 네. 엄마가 없어도 손님은 받아야 될 거 아니에요? 레시피는 똑같으니까, 제가 요리하고."

종로에는 술집이 많고 나이트클럽이 있어서 새벽까지 손님이 많았다. 꼬박 열두 시간 장사하고 다음 날 새벽 대여섯 시에 포장마차를 접는다. 그때까지 청민은 엄마를 도왔다.

자신이 다른 아이들과 좀 다르게 산다는 생각은 안 했다. 어릴 때부터 겪은 자연스러운 일상이었으니까. 엄마 돕는 것을 "이게 우리 집 일이니까"라며 당연하다고 생각했다.

단속 완장을 찬 사람들을 만난 적도 있다. 트럭을 몰고 와서 노점을 실어 가던 사람들. 드라마에 흔히 나오는 것처럼 처절한 현장을 본 건 아니다. 단속반이 오면 한동안 실랑이가 벌어지고, 마차를 끌고 가고, 또 며칠 뒤에 벌금을 내고 찾아와서 또 장사를 하고.

"(단속 현장을 보면서) 그렇게 충격을 받지는 않았던 것 같아요. 덤덤했어요. 철이 일찍 들었다거나 의연하게 뭐 그런 거 아니고요, 그냥 그렇구나, 이게 삶이구나 받아들인 거."

고등학교는 장학금을 받고 다녔다. "공부를 잘해서"가 아니라 공부를 포기하지 말라는 장학금. 새벽까지 포장마차에서 장사를 하니, 아침 등교 시간에 지각하는 게 다반사였다. 육성회비나 급식비 같은 것을 잘 내지 못했다. 학교

    밥을 짓고 하늘을 나눈다

를 제대로 다닐 수가 없었다.

담임선생님께 학교를 그만두겠다고 했다. 그때 선생님이 "점심시간 끝나기 전까지만 오라"라고 사정을 봐줬다. 그리고 장학금을 받을 수 있게 해 준 덕분에 학교를 졸업할 수 있었다.

"우리 집이 가난하단 건 알았죠. 그렇다고 창피하다고 생각한 적은 없어요. 어릴 때 보면 가난한 걸 창피해하는 애들이 있잖아요. 저는 '그게 왜 창피하지?' 그랬던 것 같아요. 엄마 따라다니면서 노점상분들, 치열하게 사시는 분들을 많이 보고 어울렸던 거잖아요. '이렇게 새벽까지 열심히 사는데 그게 왜 창피한 거야?' 그런 느낌이었던 것 같아요."

도시락을 직접 싸서 다녔다. 도시락을 '싼다'고 표현하기도 좀 "웃겼다". 밥통에서 밥을 퍼서 담고, 도시락 김 한 봉지를 챙긴다. 그리고 학교 가는 길에 슈퍼에서 참치 캔 하나를 산다. 그게 도시락이었다. 그래도 친구들과 둘러앉아 서로 반찬을 나눠 먹을 수 있었으니 다행이다.

"포장마차 할 때가 더 좋았죠. 팔고 남은 안주들을 갖고 와서 반찬으로 싸 갈 수 있으니까. 제일 많이 싸 갔던 게 꼼

김청민은 포장마차에서 장사하고 남은 꼼장어를 도시락 반찬으로 싸 갔다.
그때 '꼼장어'란 별명이 생겼다. ⓒ 최인기 제공.

장어예요. 그때 생긴 별명이 '꼼장어'라서, 지금도 제 게임 아이디 같은 건 다 '꼼장어'예요. 지금 생각해 보면 오히려 금수저 느낌인가요(웃음)?"

어린 시절 엄마는 청민이 자고 있을 때 집을 나가서 역시나 잠들었을 때 돌아오는 게 일상이었다. 엄마가 집에 없는 날도 비일비재했다. 유희가 전국노점상연합 간부로 활동하다 경찰에 수배를 당했을 때 청민은 엄마가 쫓기는 몸이 됐

　　　밥을 짓고 하늘을 나눈다

다는 걸 알고 있었다.

"초등학교 일이 학년 때부터 혼자 버스 타고 (엄마가 장사하는) 청계천에 많이 갔죠. 지금 생각해 보면 엄마가 보고싶어서 그렇게 따라다닌 거 아닐까요?"

유희는 주변 사람들에게 아들들이 알아서 컸다는 말을 자주 했다.

우리 애들이 정말 잘 컸어요. (…) 참 애들한테 못했다는 생각은 들어요. 아침 딱 차려 주고 나오면 되도록이면 일찍 들어오려고 하지만, 회의가 밤 12시, 새벽 1시에 끝나니까 터벅터벅 집에 들어오면 애들은 자고 있고. 아침에 또 밥해 놓고 나와서 장사를 펴고 데모하러 댕기고. 명동성당에서 농성할 때 한 달 동안 (집에) 못 들어올 때…. (…)

(포장마차 할 때는 막내아들이) 다 실어다 주고 뒤에서 자는 거야. 간이침대에서. 그러고는 아침에 나 포장마차 끌어다 주고 잠 안자고 학교로 가고. 그렇게 몇 년을 했어. (유희)[61]

하지만 청민은 엄마가 어려운 상황에서도 아들들을 위해

얼마나 헌신했는지 알고 있다. 야구선수였던 둘째의 뒷바라지는 물론 일일교사나 참여수업 같은 삼 형제의 학교 일에는 빠지지 않고 찾아왔다.

"엄마가 헌신했던 걸 아니까. 그리고 스물세 살에 애 셋을 키웠잖아요. 지금 생각하면 정말 존경스러운 거죠. 진짜 슈퍼맘인데. 저희가 엄마를 이해하지 못할 이유가 전혀 없죠."

당연히 투정 부린 적이 있다. 우리가 가진 게 없는데 왜 남한테 베풀어야 하냐고, 우리부터 잘살고 나서 남한테 베풀어야 하는 것 아니냐고 따지기도 했다. 밉지 않았다고 하면 거짓말이다. 하지만 엄마가 미운 게 아니라 엄마가 고생하는 게 미웠다. 더 정확히는 엄마가 그렇게 고생해도 바뀌지 않는 세상이 원망스러웠다.

"'엄마, 그 떡볶이 장사를 초등학교 6학년한테 맡겨 놓고 갈 일이야? 그 포장마차를 고등학생한테 맡겨 놓고 갈 일이야?' 장난처럼 묻기도 하고, 술 마시고 그렇게 묻기도 하고…. 나이 먹고 그렇게 물었을 때는 엄마가 그냥 씁쓸하게 웃으시고 미안한 표정을 지으셨어요."

엄마가 좋아하니까

삼 형제가 성인이 될 때쯤, 유희는 노점상을 정리했다. 2000년대에 인천에 자리 잡으면서 카페와 노래방, 주점을 차례로 운영했다. 그리고 밥 연대 활동을 시작했다. 노동자, 빈민, 장애인 등 길거리에서 "춥고 외로운 투쟁"을 하는 이들 곁으로 밥을 지어 찾아갔다.

아들들의 마음속엔 솔직히 '엄마부터 챙기지, 우리부터 챙기지, 왜 자꾸 남한테 베푸나' 하는 생각이 들었다. 몇십 명, 몇백 명 밥을 지어 나누는 일이 얼마나 힘든지 잘 알기 때문이었다. 답답하고 안쓰러운 마음에 말려도 봤지만, 그렇다고 고집을 꺾을 유희가 아니었다.

어느 날 청민이 엄마한테 물은 적이 있다. 왜 운동을 시작했냐고. 유희의 대답 속에 '오월 광주'가 있었다. 목숨을 걸고 싸운 청년들과 주먹밥으로 그들을 먹인 어머니들.

"광주 5·18. 엄마가 그 얘길 해 준 게 기억나요. '나는 서울에서 아무 일 없이 살았는데, 그때 그런 사람들이 있었구나'라는 걸 나중에 알고 충격을 받았다고 했어요. 그때 대학생들이면 엄마랑 비슷한 또래잖아요. 그때 너무 미안했다. 엄마 표현은 '미안했다'였어요."

유희는 길거리에서 투쟁하는 사람들이 걱정돼서 밥을 지어 찾아갔고, 청민은 그런 엄마가 걱정돼서 엄마의 출동에 함께했다. 그 옛날 꼬마 짱구가 엄마의 노점으로, 전국노점상연합 사무실로, 집회 현장으로 따라다녔던 것처럼, 어른이 된 청민은 여전히 엄마와 함께였다.

처음으로 엄마의 밥 연대에 함께했던 곳은 콜트·콜텍 해고자들의 농성장이었다.

"그때 적잖은 충격을 받았어요. 제 기억에 겨울이었던 것 같아요. 그 추운데 천막에서 (엄마가 한) 밥을 드시고⋯. 엄마랑 원래 친분이 있는 분들도 아니신 것 같고 어떠한 이해관계도 없잖아요. 그 모습을 봤기 때문에 (엄마의 밥 연대를) 말릴 수 없었던 것 같아요."

엄마의 밥 연대를 도운 가장 큰 이유는 결국 이거다. "엄마가 좋아하니까." 청민은 밥 연대 현장에 함께 나설 때마다 "엄마의 어깨가 더 펴지는" 걸 봤다.

"자주 간 건 아닌데, 엄마 기 세워 드려야지 하고 가는 거죠. 365일 중에 하루를 따라가도 대외적으로는 되게 많이

　　　　　　밥을 짓고 하늘을 나눈다

따라가는 사람처럼 보이게 되는 효과가 있어요(웃음).”

밥묵차 멤버 성미선을 인터뷰할 때, 유희가 가장 행복해 보였을 때는 언제였냐고 물었다. 솔직히 ‘오랫동안 연대한 현장이 승리했을 때’ 같은 뻔한(?) 대답을 기대하고 한 질문이었는데, 성미선의 대답은 내 예상을 빗나갔다. 바로 “막내아들이 집 사 줬을 때”였다.

2016년 청민이 유희에게 집을 선물했다. 인천 신도시에 있는 넓은 평수의 아파트였다. 형제들이 집을 고를 때 생각한 1순위 조건이 “주방이 커야 한다”였다.

“엄마가 허름한 빌라에 살 때, (밥 연대) 음식 하기가 너무 좁잖아요. 아무리 (밥 연대) 하지 말라고 해도 안 할 사람이 아닌 걸 아니까(웃음), 새집 구할 땐 주방 크기 위주로 봤어요.”

어디 가자 그러더니 막내가 차를 몰고 가는데, 엉뚱한 쪽으로 가. 그러더니 아파트 지하 주차장으로 들어가네? 아들이 문 앞에서 춤을 추더니 이걸(카드 키) 주는 거야. 엄마 여기다 대 보세요. 그때까지만 해도 어안이 벙벙했지. 문을 열고 들어가니, 내가 얼마나 쇼크를 받았는지…. 이렇게 해 놓고(가전제품까지 다 갖춰 놓고) 춤을 추는데 내가 얼마나 울었겠어.(유희)[62]

2016년 유희와 월간 《작은책》 안건모 편집장이 한 인터뷰 녹음 파일을 들어보니, 핸드폰에 있는 사진을 하나하나 넘기면서 보여주는 듯했다. 집 자랑에 이은 아들들 자랑까지 약 한 시간 가까이 이어졌다. 기자 입에서 "아오, 배 아퍼. 그만합시다"라는 얘기가 나올 정도. 유희는 더 자랑하고 싶은 걸 꾹 참는 눈치. 그래도 이 한마디는 덧붙였다.

"막내가 제일 큰 빽이에요."

삼 형제는 밥묵차 운영에 큰 후원자였다. 밥묵차 멤버들도 삼 형제가 각각 매달 수십만 원씩 정기적으로 후원금을 줬다고 알고 있었다. 청민은 그 얘기를 듣고 "엄마한테 5만 원만 드려도 주변에는 500만 원쯤 드린 걸로 알려진다"라며 민망하다는 듯 웃었다. "그냥 여윳돈 생길 때마다 용돈 조금씩 드린 것뿐"이라고. 그는 겸손하게 말했지만, 삼 형제의 용돈이 밥묵차 재정의 큰 기반이었음은 분명한 사실이다. 그렇게 받은 용돈은 거의 전부 음식 재료비나 밥차 기름

 밥을 짓고 하늘을 나눈다

값으로 쓰였으니까. 그리고 엄마에게 드리는 용돈이 다 그렇게 쓰인다는 걸 알면서도 삼 형제는 계속 돈을 보냈다.

"사실 민망할 때는 있어요. 더 큰 돈을 후원해 주신 분들도 계신 걸로 아는데…. 그리고 매번 쌀을 보내 주시는 농부들도 있고, 채소에, 고구마에, 철마다 좋은 특산물들 보내 주시는 분들도 정말 많이 있어요. 그런 분들보다 아들들이 더 잘했다고 생각은 안 하거든요."

먹여 주신 밥그릇 수만큼

"나 좀 안아 주세요. 그대들이 힘 주실 차례입니다. 하하. 동지니까요."

2022년 11월, 유희가 페이스북에 쓴 글. 넘치는 에너지와 카리스마로 "강철 여인"이라 불린 그녀가 올린 뜻밖의 글에 많은 사람들이 놀랐다. 췌장암 진단을 받고 올린 글이었다.

암 투병 소식을 알게 된 사람들은 그녀의 부탁대로 힘을 주기 위해 모였다. 2023년 1월, 유희를 응원하기 위한 〈토요일은 밥이 좋아〉 행사가 열렸다. "춥고 외로운 투쟁"을 하면서 유희의 밥으로 용기를 얻었던 80여 명의 사람들이 민주노총 인천지부 지하 강당에 모였다.

솔직히 기분이 좋았다. 옛 동지들도 보니 좋았다. 무엇보다 가족들이 좋아했다. 집으로 돌아오는 길에 같이 간 아들이 내 머리를 쓰다듬으면서 늘 엄마가 자랑스럽긴 했지만, 엄마 참 잘 살았다고 말했다. 행사에서 사람들이 엄마에 관해 이야기하는 데, 너무 자랑스럽다, 신문에 나온 걸 보면서 친구들에게 자랑한다고. 아들 셋이 그 이야기를 하는데, 눈물이 났다.(유희)[63]

행사 이후에도 밥값을 갚겠다는 사람들의 마음이 유희를 향했다. 노동자들이 십시일반 모은 치료비 봉투를 들고 유희의 집으로 찾아왔다. 감사패에 고마운 마음을 담아 보내고, 공장에서 여럿이 응원 현수막을 들고 사진과 영상을 찍어 보내기도 했다. 꽃을 좋아하는 유희를 위해 철마다 피는 꽃들을 계속 보낸 사람도 있었다. 그뿐인가. 전국 각지에서 보낸 음식과 선물이 하루가 멀다고 유희의 집으로 배달됐다. 한우, 산나물, 두릅, 김치, 젓갈, 두부, 감자, 고구마, 오

     밥을 짓고 하늘을 나눈다

이, 무, 참외, 냄비 받침, 서각 작품….

전국을 돌며 동지들에게 먹여 주신 밥그릇 수만큼은 더 사서
야 합니다. 아마 100년은 되겠지요?(응원 편지)[64]

그녀의 페이스북에 올라온 선물들만이라도 일일이 기록
할까 했지만, 곧 포기하고 말았다. 아마 선물이 오지 않은
날을 세는 게 더 빨랐을 거다.

유희는 투병 중에도 밥 연대를 멈추지 않았다. 밥묵차 멤
버들의 힘으로 밥을 짓고 현장으로 찾아갔다. 유희도 몸을
움직일 수 있는 때는 동행해서 차 안에 앉아 지켜보거나 현
장 사람들과 짧은 인사를 나누곤 했다. 유희의 곁에는 막내
아들 청민이 함께였다.

"투병 중에도 밥묵차를 몇 번 나가셨거든요. 마약성 진
통제까지 드실 때니까 (엄마가 나가는 게) 너무 싫은데, 또 막
상 같이 가 보면 '말리면 안 되겠구나' 생각이 들어요. 이게
엄마 삶의 이유구나. 엄마는 이걸로 힘을 얻는구나. 그래서
저도 몇 번 쫓아다녔죠."

2022년 7월 쿠팡 집회 현장에서 쪼그리고 앉아 있는 유희. 그녀 스스로 "서 있기도 (다리가) 후들"거린다고 한 그때, 이미 그녀의 몸에 암세포가 자라고 있었던 건 아닐까. ⓒ 신유아 제공.

암을 고치려 하고 있지만, 지난 삶에 후회 없다. 순간순간 뜨거웠고, 최선을 다했기 때문에. (…) 나처럼 누릴 거 다 누린 사람이 어디 있어. 오늘 바로 죽어도 여한 없다. 그저 너무 많이 아프지만 않았으면 좋겠다. (유희)[65]

청민은 엄마가 통원 치료를 받는 국립암센터 옆에 집을 얻었다. 진료 사이사이 몇 시간 비는 동안 엄마가 차 안에

밥을 짓고 하늘을 나눈다

서 기다려야 하는 게 안쓰러웠다. 두어 시간이라도 누워서 편히 쉬길 바라는 마음. 엄마가 드나들기 좋게 1층에 집을 얻어서 진료받는 날마다 그곳으로 모셨다.

어린 시절부터 청민은 엄마가 사람들 앞에서 "투쟁!"을 외치는 걸 많이 봤다. 주먹을 꼭 쥐고 하늘로 뻗으면서 "투쟁!"이라 외치면 엄마는 힘을 얻는 것 같았다.

"이길 수 있어, 엄마. 투쟁!"

엄마를 병원에 모시고 가는 차 안에서, 병상에 누운 엄마 곁에서 청민은 "투쟁!"을 외쳤다.

"일인실에 입원했을 때, 일주일 내내 엄마랑 같이 있었 거든요. 나중에 이모들이 전해 줬는데, 그때 엄마가 되게 행복했대요. 아들이랑 언제 또 이렇게 같이 있겠냐고. 되게 행복했대요."

그리고 2024년 6월 18일.

– 믿기지 않는 소식 보고 온몸이 얼어붙는 듯. 우리는 또 소중한 동지를 한 분을 잃었네요. 유희 동지, 그 당찬 목소 리가 귀에 쟁쟁한데….

- '밥 먹고 가! 먹어야 더 열심히 싸우지!' 그 우렁찬 목소리가 영원히 그리울 것입니다. 고생 많으셨습니다. 늘 감사했습니다.

- 유희 언니 덕분에 수많은 사람들이 따뜻한 밥을 먹고 그 밥심으로 싸웠습니다. 언니가 주신 밥심… 잊지 않을게요.

- 유희 언니, 따스한 언니의 품이 좋았어요. 계속 안겨 있고 싶었어요. 유희 동지… 감히 불러봅니다. 사는 동안 보여주신 길, 따라 걸을 수 있을까요. 고맙고 고맙습니다. 사랑합니다.

- 여러 현장에서 동지들 먹이겠다고, 아프실 때도 동지들 보겠다고, 그렇게 만났던 시간들이 생각나요. 보이지 않는 곳에서 기도하시는 것도. (…) 평화로운 안식을 빕니다.

- 유희 님, 매일 해 주신 기도와 응원 덕분에 잘 버티고 있습니다. 정말 정말 감사드립니다. 저도 다른 외롭고 고통받는 이들을 위하여 버팀목이 되고 기도가 되겠습니다. 감사합니다.

- 밤낮으로 동지들 걱정하고 기도하며 애틋한 마음, 사랑, 베풂, 따뜻함, 열정…. 잊지 못할 겁니다. 그리울 겁니

다. 보고 싶습니다.

　– 유희 언니 그동안 고마웠어요. 그곳에서도 큰소리치며 이렇게 환히 웃고 계셔요.

　– 또… 동지를 가슴에 묻는다. 유희 동지 누님 잘 가소….

　– 밥묵차 누님의 노래를 들을 기회가 있었다. 저 높은 곳을 향하여. (…) 노래 제목처럼 저 높은 곳을 향해 떠나셨다. 고마웠습니다. 이젠 아픔 없는 곳에서 편히 쉬십시오….[66]

　청민은 장례식에 그렇게 많은 사람들이 올 줄 몰랐다. 더 놀랐던 건 엄마와 친하지도 않고, 잘 알 리는 더더욱 없고, 그저 밥 한 끼 얻어먹은 게 고마워서 왔다는 사람들이었다. 부고 기사를 보고 찾아왔다는 쪽방촌 사람들. 형형색색 투쟁 조끼를 입고 온 수많은 청년. 종교 대통합이란 말이 나올 만큼 여러 곳에서 찾아온 목사님들, 신부님들, 스님들. 그들을 보며 청민은 엄마는 대체 어떤 인생을 산 건가 다시 한번 생각했다.

　"'밥 한 번 얻어먹은 적 있어요' 하면서 부고 기사 보고 찾아오신 분들을 보면서 정말 고마웠고, 정말 많이 배운 것

2025년 11월 13일, 유희의 묘소 앞에 밥과 떡, 가을꽃까지 '제철 한 상'이 차려졌다. ⓒ 셜록.

2025년 추석, 성미선이 유희의 묘소에 차린 차례상. ⓒ 성미선 제공.

같아요. 어떻게 저럴 수가 있을까, 정말 대단하다고 생각했어요. 그 밥 한 번이 뭐길래, 도대체 뭐길래…. 그게 정말 인상 깊었어요.”

청민의 눈에 그들은 인맥 때문에 형식적으로 찾아온 사람들이 아니었다. 정말 친한 친구가 세상을 떠난 것처럼 다들 정말 많이 울고 마음을 다해 애도하는 느낌을 받았다.

“엄마 옆에서 엄마가 하는 일을 많이 봤지만, 솔직히 (사회)운동 이런 쪽은 싫었어요. 엄마가 고생하는 게 싫었죠. 그런데 지금 생각해 보면 엄마가 정말 대단한 일을 하셨구나 싶어요. 엄마가 가시면서 알려주신 것 같아요. 가시면서 또 한 번 교훈을 주신 것 같아요.”

유희는 모란공원묘지 민족민주열사묘역에 묻혔다. 묘비명은 “밥은 하늘이다”. 유희가 생전에 가장 많이 한 말이자, 그녀가 죽은 뒤에도 사람들이 “가슴에 새겨 주길” 바란 한마디.

(기록자 : 묘비명을 생각해 봤나?) 밥은 하늘이다. 딱 한마디다. (…) 밥은 하늘이고, 밥은 힘이고, 밥은 사랑이다. 뭘 해 달라는 게 아

니다. 밥은 하늘이라는 걸 가슴에 새겨 달라. 밥은 누구에게나
다 필요한 거다. 다 같이 밥을 먹기 위해서는 너도 십시일반하
고 나도 십시일반해서 이 하늘을 서로 나누는 거지.(유희)[67]

청민은 유희의 묘소 앞에 벤치를 설치했다. 그녀를 찾아
오는 사람들이 편히 앉아서 오래 머물 수 있도록. 그리고
상자에 생수와 종이컵, 그리고 믹스커피를 수북이 담아 놨
다. 유희가 아침마다 즐기던 믹스커피. 청민은 상자 바깥에
방문객들을 향한 편지를 써서 붙였다.

"올라오시느라 많이 힘드셨죠? 이 생수 한 병씩 드시며
잠시 쉬세요. 저희 어머님께서 믹스커피를 좋아하십니다.
(…) 커피 한 잔씩만 타서 어머님께 전해 주시면 정말 감사
하겠습니다."

커플링처럼

2025년 7월, 다른 일로 모란공원묘지를 갔다가 혼자 유희
묘소를 들른 적이 있다. 멀리서 보니 한 남자가 벤치에 앉아
있는 게 보였다. 청민이었다. 그날은 유희의 양력 생일. 묘

 밥을 짓고 하늘을 나눈다

소 앞 상석에 작은 케이크 하나가 놓여 있다. 나를 보고 놀라는 청민의 눈가가 이미 젖어 있었다. 가장 행복할 때가 가장 슬프다고 했다. '엄마가 세상에 없는데 내가 이렇게 웃고 있어도 되나, 행복해도 되나' 하는 생각이 들 때. 그럴 때면 혼자 엄마의 무덤에 와서 울고 간다.

청민의 손목에는 세월호 노란 팔찌가 있다. 내가 그를 세 번 만나는 동안 늘 손목에 차고 있었다. 세월호 참사를 기억하자는 의미만 있는 건 아니었다. 그에게 세월호 팔찌는 엄마의 마음이 담긴 물건, 언제 어디서나 몸에 지닐 수 있는 엄마였다.

"엄마가 세월호 밥 연대도 많이 가셨어요. '야, 너도 이거 해' 그러시면서 팔찌를 주셨어요. (⋯) 이게 세 개째예요. 한 번은 끊어져서 엄마한테 새로 달라고 했고, 두 번째는 하관할 때 엄마 묘지에 넣어 드렸어요. 그리고 이건 장례식 때 오신 어떤 분한테 하나 달라고 해서 받은 거예요. 엄마도 세월호 팔찌를 항상 하고 다니셨어요. 그래서 (세월호 팔찌는) 유품 같은 느낌도 있고, 커플링처럼 엄마랑 똑같은 걸 하고 있다는 느낌도 맞아요."

후세들은 유희의 생을 어떻게 기억할까. 많은 사람들이 유희의 이름을 기억하지 못하더라도 한 사람이 역사에서 아주 작은 물줄기를 바꾸는 데 도움이 된다는 사실은 변치 않을 것이다. 그런 사람들이 모이고 모이면 이 야만의 시대를 끝장낼 수 있을 거라고 생각한다. 야만의 시대를 끝장낸다는 건 모두가 평등하게 밥을 먹을 수 있어야 한다는 뜻이다.

유희는 밥 한 끼의 소중함을 이렇게 표현한다.

"밥은 하늘이고, 밥은 힘이고, 밥은 사랑이다."[68]

밥을 짓고 하늘을 나눈다

그녀가 지은
'하늘'은 어디에나 있다

아마 뭐라도 하고 싶었나 보다. 내가 이 책을 쓰게 된 이유 말이다. 유희와 밥묵차를 알게 된 사람들이 "뭐라도 하고 싶은" 마음에 하나둘 모이고 나섰던 것처럼.

같이 밥을 짓겠다는 사람, 현장 배식을 돕겠다는 사람, 쌀과 농산물을 보내겠다는 사람, 후원금을 보태겠다는 사람, 그도 저도 아니면 SNS에서 '좋아요'를 누르고 홍보에 나선 사람들까지. 덕분에 유희와 밥묵차는 십시일반의 작은 '기적'을 매일같이 이뤄낼 수 있었다.

유희가 세상을 떠난 뒤에야 나는 그녀를 알았다. 이제 와서 내 작은 재주로 할 수 있는 일이 뭐가 있을까? 질문 끝에 남은 건 결국 그녀의 삶을 기록하는 일뿐이었다.

이기적인 바람도 있었다. 그녀의 삶과 뜻을 좇으며 내가 잃어버린 것을 찾고 싶었다.

기자, 작가, 기록자, 이런 이름으로 불린 지 어느덧 20년이 다 돼 간다. 사회에 나온 뒤로는 읽고 쓰고 듣고 전하는 일 속에서만 살아왔다. 내가 전하는 이야기에 사람들이 공감해 줄 거라는 믿음, 그 힘으로 또 세상이 움직일 거라는 기대 없이는 할 수 없는 일이다.

하지만 일을 하면 할수록 외로워졌다. 믿음이 크면 실망도 컸다. 실망하지 않으려 기대를 숨겼다. 기대 대신 비관이, 열정 대신 냉소가 내 마음을 다 잠식해버린 것 같았다.

인간의 선한 마음에 대한 신뢰. 세상은 바뀔 수 있다는 희망. 유희가 남긴 이야기에서 그것을 다시 찾고 싶었다. 그녀를 위인(?)으로 만들겠다는 거창한 생각으로 시작한 일이었다면 오히려 끝을 보지 못했을 거다. 이 책은 내가 유희의 삶 속에서 사람에 대한 믿음을 구해 가는 과정이라고 보는 게 맞겠다.

일대기 형식이 아니라 인터뷰 형식을 취한 이유는 그 때문이다. 유희의 인생을 크게 세 시기로만 구분했다. 그리고 시기마다 인터뷰이들을 나눠 배치해, 그녀와 함께한 기억을 말하게 했다. 묻고 답하며 그녀의 뜻을 되짚는 과정에 독자들 역시 함께하길 바랐다.

그리고 또 하나. 유희는 유희 한 사람만의 이름이 아니다. 그녀 곁에서 그녀를 지킨 수많은 사람이 유희의 이름으로 함께 기적을 만들었다. 유희가 '거리의 사람들'을 지킨 것처럼, 유희의 동지들 역시 '유희'를 지켰다. 인터뷰 형식을 선택한 이유에는 유희의 곁을 지킨 사람들의 존재를 보여주고 싶은 마음이 있다.

서울 용산구 청파동/ 경기 남양주시 화도읍/ 경기 고양시 설문동/ 서울 송파구 송파동/ 경기 남양주시 조안면/ 서울 중구 명동/ 서울 중구 충무로/ 서울 관악구 신림동/ 인천 중구 중앙동/ 경기 고양시 정발산동/ 인천 계양구 효성동/ 서울 중구 서소문동/ 서울 동작구 대방동.

2025년 7월부터 약 한 달 동안 열다섯 명의 사람을 찾아다녔다. 취재에 석 달, 연재에 두 달이 걸렸다. 매주 두 편씩 열다섯 편의 글을 쓰고 《진실탐사그룹 셜록》 지면에 올렸다.

매주 원고지 60매 정도 글을 써야 했다. 녹취록과 자료를 확인하는 데 사흘, 글 구성에 하루, 쓰는 데 이틀, 사진 배치와 기사 발행 준비에 하루. 주말에도 작업을 손에서 놓을 수 없었다. 그나마 중간에 추석 연휴가 있어서 한숨 돌렸던 게 얼마나 다행인지 모른다.

혼자 책상 앞에 앉아서 모니터 속 백지와 싸우며 두 달을 보내는 동안, 동굴에 갇힌 듯한 기분이 들었다. 대체 내 글을 누가 읽는 걸까. 아무도 읽지 않는 글을 나 혼자 쓰고 나 혼자 읽으려고 이 고생하고 있는 건가.

가끔씩 댓글이나 메시지로 공감하고 격려하는 분들의 한마디가 정말 큰 힘이 됐다.

"동시대 여성 활동가의 생애사를 이렇게 깊이 다룬 콘텐츠가 있었을까요?"(독자 댓글)

특히 유희의 '매력'을 알아보는 댓글이 달릴 때는 짜릿한 기분마저 들었다. 나는 그녀가 전국노점상연합 최초의 여성 부의장이었다는 사실을 강조하고 싶었다. 농성 현장에

선 깡패들도 겁먹게 만들던 욕쟁이 언니, 동지들을 지켜야 할 때면 가장 먼저 달려 나가 싸우던 든든한 싸움짱, 조직의 원칙 앞에서 절대 타협하지 않던 강철 여인.

유희는 집회와 농성 현장에서 밥을 짓기 전부터 노점상 동지들을 위한 밥을 매일 지어 나눴다. 그리고 밥 나눔만큼이나 오랜 세월 동안, 홀로 계신 노인이나 노숙인 등 이웃을 위한 봉사 활동을 꾸준히 했다. 밥주걱 대신 마이크를 잡았을 때는 청중을 웃고 울리는 명 MC였고, 길거리든 요양원이든 무대를 가리지 않는 가창력과 퍼포먼스의 '가왕'이었다.

"이런 게 걸크러시지."(독자 댓글)

독보적인 캐릭터. 유희 같은 사람을 유희 이전에 본 적이 없었다. 이렇게 매력적인 '언니'가 우리 곁에 있었다는 걸 새로운 세대의 여성들이 많이 알았으면 좋겠다는 마음이 컸다.

이 책은 유희 인생의 모든 이야기를 담고 있지 않다. 몰라서 못 쓴 이야기가 당연히 많고, 알고도 안 쓴 이야기가 있다. 특히 그녀의 결혼 생활 이야기는 일부러 쓰지 않았다.

누구의 아내가 아닌 '그녀 자신'의 이야기만으로도 해야 할 이야기가 차고 넘쳤으니까. 특히 2016년 그녀가 구술한 녹음 파일에서 이 말을 듣고 더욱 마음을 굳혔다.

> 저는 철칙이 하나 있어요. 내가 절대 (먼저) 안 물어보고, 나도 얘기 잘 안 해요. '신랑은 어딨어요?', '이런 거 할 동안 신랑은 가만 놔둬요?' 이런 거. (유희)[69]

아무한테도 말하지 않았지만, 사실 취재를 시작할 때부터 생각한 목표가 하나 있었다. 이 연재를 계기로 상을 하나 받을 수 있다면 참 좋겠다는 거였다. 내가 아니라 유희가.

귀한 뜻을 남긴 운동가들에게 사후에라도 상을 드리는 경우는 종종 있다. 하지만 유희는 그렇지 못했다. 큰 조직에 속했던 사람이 아니라서 그런 걸까. 아쉬움이 내내 마음에 남았다.

참 다행히 바람은 이뤄졌다. 2025년 제33회 전태일노동상 공로상 수상자는 유희였다.

11월 13일, 전태일 열사의 기일에 모란공원 전태일 묘소 앞에서 시상식이 열렸다. 지난여름 인터뷰를 통해 내게 기억을 나눠 줬던 '유희의 사람들'도 함께했다. 인터뷰 이후 서너 달 만에 다시 만나는 얼굴들. 반가워 손을 잡고 웃다가 문득 북받쳐 눈물을 흘렸다.

막내아들 김청민이 상패를 받았다. 전태일과 유희의 이름이 함께 적힌 상패. 그걸 보고 있자니 나도 마음이 조금 울컥했다. 시간과 공간을 뛰어넘어 이곳에서 두 사람의 뜻이 만났다는 생각에. 전태일이 남긴 뜻을 유희가 살아 냈고, 유희가 남긴 뜻이 전태일을 불러냈다.

유희가 살아 있었다면 이런 자리에 절대 빈손으로 오지 않았을 거였다. 유희의 사람들은 시상식에 모인 사람들을 위해 떡을 준비했다. 성미선은 머리부터 발끝까지 유희 언니에게 받은 옷과 신발로 맞춰 입었다. 언니를 위한 '가을 한 상'도 푸짐하게 준비했다. 햅쌀로 지은 밥과 제철 농산물, 가을 들꽃에 사람들의 웃음소리까지 유희 묘소에 가득 차려졌다.

해가 바뀌어, 또 한 번의 시상식이 있었다. 2026년 2월 27일, 민주언론시민연합 '이달의 좋은 보도상' 시상식. 유희 언니 이야기 <하늘을 짓는 여자>가 2025년 11월 수상작으로 선정됐다. 2025년 11월과 12월, 2026년 1월 수상작을 한자리에서 시상했다.

심사위원회는 선정 사유를 이렇게 밝혔다.

현대 사회에서 연대의 의미는 매우 희미해지고 있으며, 밥을 같이 먹는 행위를 통한 감정적 결합을 느끼기 어려운 분위기가 이어지고 있다. (…) 이러한 맥락에서 어떠한 논리적 설명과 설득을 위한 기사보다 이번 보도처럼 한 명의 활동가의 삶, 특히 '밥 한 끼'를 통한 연대의 의미를 드러나게 한 이 보도가 주는 울림이 더 깊게 느껴진다고 평가한다.

유희와 '유희의 사람들'이 만들어 낸 또 하나의 작은 기적 아닐까 싶다.

유희의 삶을 통해 내가 다시 한번 확인한 게 있다. 이렇게 저렇게 세상을 바꾸자는 말들은 많고 많지만, 세상은 '말하는 사람들'에 의해 바뀌지 않는다는 것. 지금 이 자리에서 할 수 있는 것부터 '뭐라도 하겠다'라는 소중한 실천들이 세상을 바꾼다.

거창한 말들이 허공을 채울 때, 바로 내 앞에 서 있는 한 사람의 '한 끼'를 걱정하는 마음. 그 사람을 위해 '내가 할 수 있는 것부터' 주저 없이 시작하는 마음. 혁명도, 그 어떤 위대한 단어도, 모두 그렇게 자그마한 마음에서 출발하고 완성된다.

한평생 사람을 믿고 사람을 위해 산 유희라는 사람. 그리고 유희의 곁을 지키며 그녀의 길을 함께 걸은 사람들. 이 책을 쓰면서 내가 얻은 가장 크고 소중한 것은 유희처럼 살아가는 사람들을 알게 된 것이다.

"밥은 숭고하고, 사람은 아름답고, 연대는 위대하다."(독자 댓글)

유희를 닮은 사람들이 그녀의 묘소 앞에서 상패를 들고 사진을 찍었다. 이번에는 나도 그들 사이에 같이 섰다.

그녀의 묘비에 적힌 말, "밥은 하늘이다". 그녀가 직접 묘비명으로 써 달라 한 말이다. 그녀가 온 삶으로 증명해 온 말. 밥은 하늘이다. 그래서 그녀는 밥을 짓는 사람이 아니라, 하늘을 짓는 사람이다. 땅에서 디딜 곳 없이 밀려난 사람들에게 평등한 하늘을 나눠 준 사람이다.

이제 알겠다. 그녀가 지은 하늘은 어디에나 있다는 걸. 유희처럼 살아가는 수많은 사람의 '선한 마음'이 보이지 않게 이어지고 엮이며 우리를 먹이고 살려 왔다는 걸.

지난겨울 추위는 유난히 길었다. '하늘 같은' 밥 한 끼, 새봄을 기다리는 사람들과 같이 먹고 싶다.

유희가 세상을 떠난 지 1년 반이 지나 그녀에게 전태일노동상 공로상이 수여됐다. 전태일이 남긴 뜻을 유희가 살아 냈고, 유희가 남긴 뜻이 전태일을 불러냈다. 상패를 들고 함께 기뻐하는 '유희의 사람들'. ⓒ 셜록.

1 유희 민주동지장 장례자료집 《밥은 하늘이다》(2024년 6월)에 실린 '추모의 글'을 글쓴이의 동의를 얻어 싣는다. 흔쾌히 허락해 주신 김진숙 지도위원께 감사드린다.

2 2024년 12월 7일, 스웨덴 스톡홀름 한림원에서 열린 노벨문학상 수상 기념 강연에서 한강 작가가 한 말.

3 안건모, 〈밥은 하늘이다: 작은책이 만난 사람〉,《작은책》, 2016년 8월호, 77쪽.

4 유희 구술, 〈노들바람〉, 2019년 겨울호.

5 최인기, 《가난의 도시》, 나름북스, 2022, 84쪽.

6 최예륜, 〈[이덕인 ①] 그날의 아암도〉,《비마이너》, 2019.

7 은영지, 〈밥심으로 평화를 >, 성주사드 일기(블로그), 2019.

8 2016년 《작은책》 인터뷰 녹음 파일.

9 김연식, 〈길바닥 투쟁 현장에 선 약자들의 어머니, "나는 나눔을 누렸다.": 유희 십시일반 음식연대 밥묵차 대표〉,《계간 작가들》, 2023년 6월 15일.

10 안건모, 위의 글, 78쪽.

11 녹음 파일, 위와 같음.

12 녹음 파일, 위와 같음.

13 〈접어둔 포장마차: 우리는 눈을 감는다〉, 서울시립대방송국 JBS, 1996년.

14 녹음 파일, 위와 같음.

15 안건모, 위의 글, 82쪽.

16 조덕휘, 〈강철 여인, 참 좋은 사람〉, 유희 민주동지장 장례자료집 《밥은 하늘이다》, 2024년 6월, 10쪽.

17 손로원 작사, 박춘석 작곡, 〈비내리는 호남선〉, 1956년.

18 안건모, 위의 글, 76~77쪽.

19 녹음 파일, 위와 같음.

20 김연식, 위와 같음.

21 녹음 파일, 이와 같음.

22 김연식, 위와 같음.

23 임재춘 2013년 6월 7일 일기, 〈"너무 맛있어요" 한마디에 수줍게 웃는 이 남자〉, 《오마이뉴스》, 2014년 1월 16일.

24 녹음 파일, 위와 같음.

25 녹음 파일, 위와 같음.

26 유희가 2022년 6월 19일, 페이스북에 쓴 글.

27 성미선, 〈달려라 밥묵차〉, 《작은책》, 2020년 10월호.

28 안건모, 위의 글, 89쪽.

29 성미선, 〈밥으로 세상과 소통하는 사람들〉, 웹진 《밥통》, 58호, 2019년 5월.

30 녹음 파일, 위와 같음.

31 안건모, 위의 글, 90~91쪽.

32 녹음 파일, 위와 같음.

33 녹음 파일, 위와 같음.

34 〈뉴스포차 : 천만배우 김의성의 ㄱ쓰마이웨이〉, 유튜브 《뉴스타파》, 2017년 3월 29일.

35 녹음 파일, 위와 같음.

36 김연식, 위와 같음.

37 녹음 파일, 위와 같음.

38 박은경, 유희 민주동지장 장례자료집 《밥은 하늘이다》, 2024년 6월, 5쪽.

39 녹음 파일, 위와 같음.

40 2017년 8월에 유희가 페이스북에 쓴 글.

41 2024년 6월에 청주시립요양병원 노동자 권옥자가 페이스북에 쓴 글.

42 김연식, 위와 같음.

43 일본 애니메이션에서 유래한 단어로, 쌀쌀맞고 인정이 없어 보이나 실제로
   는 따뜻하고 다정한 사람을 뜻한다.

44 김연식, 위와 같음.

45 김연식, 위와 같음.

46 유희가 올린 '마지막' 기도문이다.

47 김연식, 위와 같음.

48 신현주, 〈펄떡거리는 평화, 유희〉, 유희 민주동지장 장례자료집 《밥은 하늘
   이다》, 2024년 6월, 18쪽.

49 은영지, '유희 구술', 〈밥심으로 평화를〉, 성주사드 일기(블로그), 2019.

50 성미선, 〈밥으로 세상과 소통하는 사람들 〉, 웹진 《밥통》, 58호, 2019년 5
   월.

51 차헌호, 〈아낌없이 거침없이〉, 유희 민주동지장 장례자료집 《밥은 하늘이
   다》, 2024년 6월, 9쪽.

52 〈[김종대의 뉴스업] 설날 특집 2 : 김진숙의 밥상 "밥만 나눠 먹은 게 아니
   예요"〉, 유튜브 《박재홍의 한판승부》, 2021년 2월 12일.

53 김종대의 뉴스업, 위와 같음.

54 박김영희, 〈유희 님을 위한 기도〉, 유희 민주동지장 장례자료집 《밥은 하늘
   이다》, 2024년 6월, 17쪽.

55 김연식, 위와 같음.

56 유희가 2019년 2월, 페이스북에 쓴 글.

57 하민지, 〈이덕인 의문사 조사개시 않는 진화위…유족·공대위 규탄〉, 《비마
   이너》, 2021년 11월 25일.

58 녹음 파일, 위와 같음.

59 녹음 파일, 위와 같음.

60 녹음 파일, 위와 같음.

61 녹음 파일, 위와 같음.

62 녹음 파일, 위와 같음.

63 김연식, 위와 같음.

64 사드 반대 투쟁 중인 소성리에서 보낸 응원 편지.

65 김연식, 위와 같음.

66 페이스북 추모 메시지 모음.

67 김연식, 위와 같음.

68 안건모, 위의 글, 93쪽.

69 녹음 파일, 위와 같음.

김청민   유희의 막내아들
故 노수희   전 민주노점상전국연합 고문, 전 조국통일범민족연합 남측본부 부
           의장
박경석   전국장애인차별철폐연대 상임공동대표
박원주   인천빈민연합 의장, (사)인천민주화운동계승사업회 추모사업위원
           회 위원장
박은경   평등교육실현을위한전국학부모회 대표
박준   민중가수
서선정   송파주거복지센터 센터장, 위례시민연대 사무국장
성미선   우리농업기반 채식문화운동가, 지구여행자의 레시피학교 대표, 팔
           당식생활연구소 소장
수리야   경기장애인차별철폐연대 집행위원장
신유아   현장예술활동가
유덕희   유희의 언니
임정득   민중가수
조덕휘   전 전국빈민연합 의장, 유희추모사업회 회장
최인기   민주노점상전국연합 수석부의장
최헌국   예수살기 목사

참고 자료

단행본

최인기, 《가난의 도시》, 나름북스, 2022.

논문

김준희, 〈도시공간과 노점상의 권리에 관한 연구: 1980년대 노점상운동의 형
　　　성과정을 중심으로〉, 《공간과사회》, 제21권 2호(통권 36호).

정기간행물

김연식, 〈길바닥 투쟁 현장에 선 약자들의 어머니, "나는 나눔을 누렸다.": 유
　　　희 십시일반 음식연대 밥묵차 대표〉, 《계간 작가들》, 2023년 6월.

성미선, 〈달려라 밥묵차 〉, 《작은책》, 2020년 10월호.

성미선, 〈밥으로 세상과 소통하는 사람들〉, 웹진 《밥통》, 58호, 2019년 5월.

안건모, 〈밥은 하늘이다: 작은책이 만난 사람〉, 《작은책》, 2016년 8월호.

조재범, 〈[동네 한 바퀴] 투쟁 현장 동지들 밥 챙기는 십시일반 밥묵차 밥묵차
　　　대표 유희 님 인터뷰〉, 《노들바람》, 2019년 겨울호.

기사

강혜민, 〈싸우는 이들의 밥을 지은 사람, 십시일반 유희〉, 《비마이너》, 2024년
　　　7월 10일.

고은광순, 〈개벽대장 제8호 밥묵차 유희 인터뷰〉, 《한겨레온》, 2023년 7월 8일.

김송이, 〈"밥은 하늘이다"…밥심으로 투쟁하던 이들이 기억하는 십시일반 밥 묵차 유희 대표〉,《경향신문》, 2023년 1월 15일.

김송이, 〈"유희의 밥 냄새와 노랫소리는 영원히 우리 곁에 남을 것"[에필로 그]〉,《경향신문》, 2024년 7월 12일.

김영아, 〈재개발과 강제철거: 목동에서 용산까지〉,《수원시민신문》, 2017년 6 월 12일.

문주현, 〈'하늘 감옥 100일', 전액관리제 요구 고공 농성〉,《오마이뉴스》, 2017년 12월 13일.

박수진, 〈밥차 구매비 모금 중…장기 농성장 찾아가는 '십시일반 음식연대'〉,《한 겨레》, 2017년 2월 23일.

성미선, 〈싸우는 사람들을 위한 밥차…가장 낮은 자들을 밥으로 모셨다〉,《한 겨레》, 2024년 6월 26일.

송주열, 〈고난받는 현장 30년 밥차 동행 故 유희 집사 추모…"불의를 꾸짖고 저항한 기도의 사람"〉, CBS《노컷뉴스》, 2024년 6월 24일.

이명옥, 〈'삼순 아버지' 맹봉학, 사랑의 연탄배달부 되다〉,《오마이뉴스》, 2015년 11월 29일.

이명옥, 〈"세상이 연탄불처럼 따스하면 좋겠습니다"〉,《오마이뉴스》, 2021년 11월 29일.

이재환, 〈홍성에서 5·18과 4·16이 함께 만나게 된 사연 〉,《오마이뉴스》, 2020년 6월 19일.

이호동, 〈밥과 노래로 연대하는 유희〉,《매일노동뉴스》, 2015년 5월 27일.

임재춘, 〈"너무 맛있어요" 한마디에 수줍게 웃는 이 남자〉,《오마이뉴스》, 2014년 1월 16일.

임재춘, 〈개인 공간에 텃밭까지…여기 농성장 맞습니다〉,《오마이뉴스》, 2015 년 4월 25일.

정연선, 〈대형쇼핑몰 출근길 김밥장사까지 내모나〉,《뉴시스》, 2011년 12월 2 일.

최예륜, 〈[이덕인 ①] 그날의 아암도〉,《비마이너》, 2019년 10월 22일.

하민지, 〈이덕인 의문사 조사개시 않는 진화위…유족·공대위 규탄〉,《비마이
　　　너》, 2021년 11월 25일.

블로그

은영지, 〈밥심으로 평화를〉, 성주사드 일기, 2019년 5월 6일.
전국노점상총연합, 〈사진으로 보는 전노련 역사〉, 모아모아, 2008년 11월 28일.

영상

〈[김종대의 뉴스업] 설날 특집 2: 김진숙의 밥상 "밥만 나눠 먹은 게 아니예
요"〉 유튜브《박재홍의 한판승부》, 2021년 2월 12일.
〈뉴스포차: 천만배우 김의성의 ㄱ씨마이웨이〉, 유튜브《뉴스타파》, 2017년 3
월 29일.
〈다큐멘터리 접어둔 포장마차: 우리는 눈을 감는다〉, 서울시립대방송국 JBS,
1996년.
〈인봉봉사단 가수 유희 신미아리고개 문화의거리에서〉, 유튜브 가수 성철 인봉
봉사단, 2013년 11월 27일.
〈90. 3. 7. 노점상자립법촉구및규탄대회전국노점상연합회〉, 유튜브 리종,
2018년 4월 11일.
〈소성리효콘서트 밥묵차유희공연1〉, 유튜브 온다큐, 2019년 5월 6일.

구술 녹음

유희–안건모, 2016년《작은책》인터뷰 녹음 파일.

유희 언니

1판 1쇄 발행 2026년 3월 25일

글쓴이 최규화

펴낸이 임중혁 | **펴낸곳** 빨간소금 | **등록** 2016년 11월 21일(제2016-000036호)

주소 (01021) 서울시 강북구 삼각산로 47, 나동 402호 | **전화** 02-916-4038

팩스 0505-320-4038 | **전자우편** redsaltbooks@gmail.com

ISBN 979-11-91383-67-6(03810)

• 책값은 뒤표지에 있습니다.